二見文庫

# 濡れた花びらたち

日下　忠

# 目次

第一章　観察メモ　7
第二章　健康的な太腿　49
第三章　母乳の雫　89
第四章　裏返された下着　125
第五章　先生と教え子と　163
第六章　後ろのローター　195

濡れた花びらたち

# 第一章　観察メモ

## 1

（解放サレシ時至レリ……）

安本藤夫《やすもとふじお》は今日、誕生日を迎えて感慨深かった。

三月二日に高校を卒業して一週間経ち、ようやく十八歳になったのである。

魚座第二旬のB型、三碧木星。身長一七五センチ、体重七〇キロ。

学力は常に学年十位以内、スポーツは中の下、帰宅部。卒業後にも会うような友人は皆無。趣味は読書、ネット、そしてオナニー（年に約千回）、未だキス未経験の童貞の藤夫である。

クラスの連中に関して言えば、みな藤夫に対して、せいぜい影の薄いガリ勉という印象しか持っていなかっただろうし、彼らの高校時代の思い出の中には、おそらく藤夫が登場することは皆無に違いない。

彼は3ＬＤＫのマンションに一人で暮らしていた。商社マンの父親は、母親とともに先月からアメリカに在住しており、藤夫も、今年の九月からアメリカの大学に入ることが決まっていた。

だから数カ月間、彼は一人で自由気ままに暮らせるのだった。

彼はずっと、高校を無事に卒業することと、両親が先に渡米し、そのあいだ一人きりになることだけを心待ちにしていた。

なぜか？

それは当然、思い切ったことをやるためだ。

何を？

もちろん、まだ未経験のセックスである。

いや、ただ挿入したいというだけではない。じっくりと裸体や女性器も見てみたいし、嗅いだり舐めたりしたいし、自分も舐めてほしいし、口内発射というやつで飲んでもらいたい。

相手は？
すでにターゲットは絞ってあった。同級生の須賀真希《すがまき》と、クラスの担任教師だった笹野志織《ささのしおり》だ。

藤夫は時間をかけて、彼女たちのことを調べていた。

◉須賀真希
・三月二十七日生まれ、牡羊座第一旬のO型。クラスの中でも、最もあとに歳を取るグループ。そのため高校を卒業したというのに、未だに十七歳。
・文芸部に属し、健康的にムチムチとした張りを持っているのに文学少女。
・一方でチャラチャラしたアイドルが好きという、ごく普通の女の子の面も持つ。
・笑窪と八重歯が可憐なとびきりの美少女。
・誰かと付き合った様子はないので、おそらく処女。
・トイレの所要時間は、小の場合は平均四、五分。大は不明。長くトイレに入っていたこともあるが、生理用品の交換による所要時間かも。よってそれ以上は不明。

・生理は、毎月十日前後に始まる（?）。
・すれ違ったときに感じる匂いは、大部分はロングヘアから漂うリンスの香りか。
・体育の授業のあとは、ほんのり甘ったるいミルク系の汗の匂いが感じられたこともあった。
・会話を交わすほど面と向かって近づいたことはないので、吐息の匂いは不明。ミルクっぽい匂いがすることも。でも、みんなそうなのかも。
・勉強とスポーツは、両方とも中の上。
・A女子大の国文科に合格し、将来の夢は国語教師（多分に、文芸部の顧問だった志織に憧れての選択?）。
――これが藤夫が一年かけて調べあげた、彼女に関するメモの一部だ。
一方、国語教師の志織は、というと――
◉笹野志織
・二十八歳。九月十八日生まれの乙女座第三旬、五黄土星のA型。
・セミロングの黒髪にメガネ。ほっそり見えるが案外巨乳で、ヒップも成熟した丸みを持っている。

・独身。だが、もちろん処女ということはないだろう？　しかし今付き合っている彼氏がいるような様子もない（男性は、知っていても、せいぜい一人か二人か？）

・高校近くのコーポに一人暮らし。実家は横浜。

・三年生の時の担任。成績優秀な自分にはあまり目をかけてくれず、出来の悪い生徒がたまにいい点を取ると喜んでいた。

・物静か。生徒にナメられないよう時に厳しくなることもあるが、怒るというより怒ったふりをしている程度。高校時代は演劇部。

・授業中、各席を回ってきたときに質問し、肩越しに息を感じること数回。いつも花粉のような甘い匂いを含んだ吐息。ほのかに化粧品の匂いも。

――となる。

とにかく、この二人――メガネ美人教師と、可憐な美少女が、藤夫にとってオナニーする時の常連であった。

しかし、妄想の時代は終わったのだ。

無事に高校を卒業して、十八歳になったのだからこれからは実行に移す段階である。

もちろん勝算はあるが、藤夫は告白して交際などという七面倒臭い方法は取らないことに決めていた。

（童貞を捨てる。そのためには、まず監禁！　好きにする！）

それあるのみだった。

そもそも色白の暗いブ男の告白など、誰も応じてくれるわけがない。

失恋して落ち込んで立ち直って、そこそこの彼女を見つけて無難に収まるなんて遠回りな人生は御免なのだ。

恥ずかしいビデオを撮っておけば訴えはしないだろう。いや、最初は強引でも、執拗な愛撫に、きっと身体の方が反応し、それを繰り返すうち心も開くのではないか。

テクニックもない童貞でも、クリトリスを一、二時間も舐《な》め続けていれば、どんな女だって濡れるし、感じて声を上げるに違いない。きっとそうだ。

クリトリスを刺激されると、女体というものは、その相手がこの世で最も素敵に思えてしまうらしい――そういうことが本にも書いてあったが、それほど感じる部分なのだ。

これらがことごとく女性を知らない藤夫の妄想でしかないのは本人もわかっていたが、ことここに至っては、そう信じるしかなかった。

これは愛ではない。恋だ。いや執着なのだ。

愛されようなんて思ってはいない。飽きるほど堪能し、なおかつ公に訴えられなければ、それでいいのだ。

それよりも日本を離れるに当たり、心残りがあってはいけない。そう、こっちの方が重要に思えた。

となれば、とにかく、実行あるのみ――。


順序からすると、真希を相手にして――すなわち処女と童貞で――互いに初めてで戸惑うより、ここはまず体験者である志織から攻略すべきだろう。藤夫はまず、そう考えた。

志織を言いなりにさせられることさえできれば、その後の真希を誘い出す作戦に加担させられるに違いない。

(よし、志織先生からだ！)

藤夫は早速、志織にメールをした。

もう在校生も期末テストを終え、春休みを控えて半日授業になっているはずだ。昼過ぎになったから、そろそろ志織も下校する頃だ。今日は職員会議がない日だというのも知っている。

『安本です。父の蔵書をおゆずりする件、今日これからいかがでしょうか』

藤夫は、そのような文面を送信した。

卒業間際の進路相談で、藤夫がアメリカへ行くことは志織も知っている。

その折り、父親が置いていった多くの文学書から、よければ好きな本を持っていってほしいと言うと、志織も喜んでいたものだ。

しかも彼女の好みの作家の本も多くあると告げると、近々取りに伺うと言っていたのである。その際の連絡方法として、個人のメアドを訊き出していたのだ。

彼女は稀覯本に目がないのだった。が、もちろんそんな本はない。

３ＬＤＫの住まいから、両親のものは全てアメリカへ送ったり、あるいは処分してしまっている。

残っているのは藤夫のベッドと机、彼の着替えとキッチンのものだけである。

そして、思っていたより早く、というより即座に返信が来た。

『どうもありがとう。いま学校を出たところだから、安本君さえよければこれから寄らせていただくわ。十五分ほどで着きます』

藤夫も『大丈夫です。お待ちしています』と返信した。

志織は、何の疑いもなくこちらに向かいはじめたようだった。影の薄いガリ勉生徒が、悪巧みなどしているとは夢にも思っていない……。

もちろん年賀状のやりとりなどで、彼の住所は志織も知っているし、何しろ駅裏の大きなマンションだからわかりやすい。

電車も隣駅だから、十五分かからないかも知れない。

藤夫はバスタブに湯を張り、ベッドに向けてＤＶＤカメラをセットし、準備を整えた。

胸の高鳴りと緊張が、自分でも驚くほど心地よく感じられた。

かねてからの計画通りだから、他の道具も揃っている。

（そろそろかな）

藤夫は時計を見て思い、先にベッドに向けてＤＶＤカメラのスイッチを入れておいた。

ドアのところに耳をつけ、外の気配をうかがっていると、志織もこの部屋のある八階まで来たらしく、エレベーターホールの方から足音が近づいてきた。

ここは東端の部屋で、隣室は空いている。

もっとも大声を上げられたところで、全て防音壁だから、人に聞かれる心配はないだろう。それに藤夫の予想では、志織はどんな場合でもはしたない大声など上げないタイプである。

やがてチャイムが鳴り、藤夫はドアを開けて彼女を迎えた。

2

「先生、こんにちは。どうぞ」

「ええ、図々しく来てしまったわ。でも売ってしまうと聞いて、どうしても見ておきたくて」

藤夫が言うと、志織も悪びれることなく上がり込んできた。

まだ卒業式から一週間しかたっていないから、彼女もそれほど懐かしそうな様子もしていない。

「お茶でも淹《い》れますか?」

「ううん、構わないで。すぐ失礼するから」

「わかりました。こっちです」

藤夫はキッチンとリビングを通過し、自分の部屋に志織を案内した。

「ここね、え……？　本は？　あ……っ！」

ベッドと机しかない部屋を怪訝《けげん》に思う間もなく、いきなり右手首に手錠をかけられて志織は声を上げた。

藤夫は、もう後戻りできないゆえの興奮のなか、黙々と彼女の手を引っ張り、手錠のもう一つの輪をベッドの桟にカチリと掛けた。

さらに左手首を引っ張り、強引に志織をベッドに仰向けにさせると、そちらも桟に施錠してしまった。

我ながら手際のよさに驚いた。

「な、何をするの、安本くん……」

志織が声を震わせ、何が起きているのかわからないという表情でメガネのレンズ越しに彼を睨み上げた。まだ自由のきく脚で暴れるようなこともなく、きっちり閉じたままなので、大の字ならぬＹの字型に固定されたことになる。

「セックスをするんだよ、先生と。これから、それについては、ゆっくりと志織先生に手ほどきをしてもらいたいんだ」

藤夫は、冷ややかに勝ち誇ったような笑みを浮かべて言った。

ここまで来たら、もう成功したも同じだ。

藤夫はもう今にも射精しそうなほど興奮を高めて勃起しながら、寝室を出て玄関へと向かった。

そしてドアにロックをしてから、彼女が脱いだ靴を手にして嗅いでみた。在学中には絶対にできなかったことだ。

いかに生身が待っていようとも、心残りは一つ一つ解消していかなければならないと自分に課していた。

簡単に自分のものにするより、段階を経て順々に知っておく方が長く楽しめるのだ。

パンプスの中は、まだ温もりと湿り気を遺し、ほのかに蒸れた匂いが籠もっていた。この先生にも生々しい匂いがあることが嬉しい気がした。

両方とも鼻を潜り込ませて貪るように嗅ぎ、やがて靴を置くと、寝室に戻った。

「ね、やめて、手錠を外してくれたら、何も無かったことにしてあげる。それが一番お互いのためよ……」

「いや、在学中から決めていたんだ。童貞を捧げる相手は志織先生だって」

「そんな……、安本くんは、そんな乱暴な子じゃないでしょ。相手の気持ちを考える子よね？」

「ほしいのは気持ちじゃなく先生の肉体《からだ》なんだ。さあ、先生の肌を傷つけたくないから動かないでね」

藤夫は言い、志織の腰の脇ホックを外してファスナーを下ろし、タイトスカートを引きずり下ろしていった。

「や、やめて……、大きな声を出すわよ……」

「出したって誰にも聞こえやしないよ。それより、どうか言うことを聞いて。先生が、ここで大小便を漏らしたって止《や》めるつもりはないんだ」

藤夫は、スカートを脱がせながら言った。

そして用意してあった細いロープを出して足首を縛り、ベッドの脚を通してから、もう片方の足首も縛った。

これで、完全に志織はX型に固定された。

「うそっ……、そんな子だったの？　あんなに真面目で優秀……」

「それは表面だけでね、心の中では何度も志織先生を犯してオナニーしてたんだ。

ここの匂いをどれだけ想像したことか」

藤夫は屈み込み、固定されたパンストの爪先に鼻を押しつけて嗅いだ。

「ああ、ちょっとムレてるけど、これが先生の足の匂いなんだね……」

藤夫は「ムレマ」を強調して言い、生ぬるく湿った爪先に鼻を擦りつけ、繊維の隅々に沁み込んだ汗と脂の匂いを貪った。

「いや……」

志織はおぞましさに顔を真っ赤に染め、顔を背けて硬直した。

すぐに犯されるなら別だろうが、若い藤夫が中年男のようにネチネチと責めてくるのが薄気味悪いのだろう。

勉強ができるという以外、彼が男であることについては何も考えていなかったことに、今さらながら気づいたようだった。

もう片方の爪先も同じように嗅いでから、藤夫は次にハサミを手にし、パンストをジョキジョキと切り裂きはじめた。

「ひい……！」

冷たい刃が足首に触れると、志織はビクッと反応して息を呑んだ。

彼は足首を丸く切り裂くと、パンストを靴下のようにスッポリと脱がせ、素足を露わにさせた。

「ああ、先生の足だ……」

藤夫はそう言いながら、足の裏に顔を擦りつけ、舌を這い回らせた。

「あっ……、だめよ……！」

志織が腰をよじらせ、小さく言った。

踵《かかと》から土踏まずを舐め、今度は覆うもののない爪先に鼻を押しつけ、指の間に舌を割り込ませる。さらにムレた匂いがし、その刺激が一気にペニスに伝わっていった。

藤夫は、美人教師の指の間をさらに執拗に味わった。

「ああ……！」

指の股にヌルッと舌が割り込むたびに、志織は声を震わせて体を身悶えさせ、いつの間にか室内には彼女の匂いが立ち籠めていた。

足裏と指の間を嗅ぎ尽くして、彼はさらに足首からハサミでパンストを裂いていく。

奥から白く滑らかな脚が露わになった。

足にはムダ毛はなく、内腿も白くて、うっすら透ける細かな血管が艶めかしかった。

やがて全てパンストを切り裂いて取り去ると、白いショーツが見えた。

藤夫はくらくらした。

「まだ肝心な部分に行くのは早いんだ」藤夫は必死に自分に語りかけていた。

彼女の上半身に移動し、ブラウスのボタンを順々に外す。

それを左右に開くと、さらに汗と思われる匂いが立ち昇った。

彼は今度はハサミを胸の谷間に挿し入れ、ブラジャーの真ん中から両断した。

ブラジャーは左右にきれいに分かれ、白く豊かな膨らみが弾けるように露出した。

美しい桜色の乳輪と乳首を見て、藤夫は夢中でむしゃぶりついていた。

「ああ、志織先生のオッパイなんだね……」

彼は言いながら左の乳首に吸い付き、もう片方にも指を這わせた。

舌で転がし、顔を柔らかな膨らみにグイグイ押しつけて母親のものを吸うように乳房の感触を味わった。

「あぁっ……、お願い、ねえ、やめて……」

志織の声が次第に弱々しくなり、諦めと同時に意識が朦朧となってきたようだった。

暴れれば手錠の嵌《は》まった手首が痛むし、身動きできない恐怖でパニックを起こしてしまう。それよりは諦めた方が楽だと、無意識に思いはじめたのかもしれなかった。

藤夫は残った右の乳首にも吸い付き、舐め回しながらその感触を味わった。

それにしても、最初に触れた女体の部分が足の裏というのも、自分らしいと藤夫は思っていた。とにかく先生の全てを知りたい——その第一歩だと考えた。

やがて左右の乳首を交互に味わってから、次に乱れたブラウスの中に顔を潜り込ませ、腋の下にも鼻を擦りつけてみた。

「ああ、甘いミルクの匂いだ……。先生は汗っかきなんだ……」

藤夫は言いながら、美人教師の濃厚な体臭を嗅ぎ、汗に湿った腋を舐め回した。きれいに処理された腋の舌触りもスベスベと滑らかで、藤夫を失望させることはなかった。

「い、いや……」

志織はくすぐったさとおぞましさに声を洩らし、体を震わせている。

ここでどっちへ行こうかと藤夫は一瞬、考えた。

憧れのファーストキスをするか、それとも先生の割れ目を見て、そして舐めるか——。

（ここはやはり股間だな。無理してキスをして、舌を噛まれても困るから）

こういう点には頭の回る藤夫は、再び移動して彼女の股間へと行き、ショーツにハサミを差し入れたのだった。

3

「ああ……、だめ……」

刃の冷たさに志織が声を震わせ、ビクッと全身を凍りつかせた。

藤夫はさらにハサミを入れ、ショーツの腰の部分を二カ所切断した。すると、美人教師の大切な部分を覆っていた下着は、はかなくも一枚の布切れと化し、簡単に尻の下から引き抜けてしまった。

「ああッ……」

ついに股間を覆うものが無くなり、志織は絶望的な声を洩らした。足首を固定され、どうあがいても脚を閉じることもできないのだ。

藤夫はいったんハサミを置くと、まずは下着を開いて期待に心を躍らせながらゆっくり観察することにした。

割れ目に当たっていた部分には食い込みの縦皺があり、うっすらとしたクリーム色の変色があった。

「志織先生の下着、少し汚れてるね」

「い、いやっ……！」

志織は激しい羞恥と屈辱に嫌々をしてもがいた。

しかし生々しいというより、比較的清潔な印象があった。

中心部に鼻を埋め込むと包みこむような体温とともに、甘ったるい汗の匂いとほのかな異和臭が感じられた。

「これはオシッコの匂いかな」

言いながら鼻を擦りつけ、繊維の隅々に沁み付いた匂いを貪る。

憧れの女教師の下着の匂いを嗅ぐたびに悩ましい刺激が脳を直撃し、ペニスにも伝わっていった。

その一方で肛門が当たっていた辺りも観察してみたが、特に色は無く、鼻を埋めて嗅いでも匂いは感じられなかった。ひと舐めしたが、同じだった。

ようやく藤夫は下着を置き、いよいよ生身に向かって屈み込んでいった。

色白で弾力に富んだ内腿に舌を這わせ、股間に顔を近づけていく。股間には熱気と湿り気が籠もっており、生まれて初めて見る女性器はまぎれもない、あの志織のものだった。

ふっくらした股間の丘には、程よい範囲の茂みがあり、割れ目からはみ出した陰唇は美しいピンクだった。

そっと指を当てて陰唇を左右に広げてみると、膣口が襞を震わせながら息づき、小さな尿道口さえも見えた。

包皮の下からはツヤツヤとした綺麗な光沢を放つクリトリスが、小豆《あずき》ほどの大きさで覗いていた。

まだそれほど濡れた様子もないが、さすがに中の柔肉はうっすらとした湿り気があるようだ。

艶めかしい眺めに藤夫も無駄口を叩く余裕などまったくなく、そのままそこに顔を埋め込んでいった。柔らかな茂みに鼻を擦りつけて嗅ぐと、やはり汗と尿の匂いがあった。

「ああ、いい匂い。これが志織先生のオマ××の匂いだ」

わざと口に出して囁く。

「うくっ……！」

志織が呻き、ヒクヒクと白い下腹を震わせた。

藤夫は恥毛に鼻を力いっぱい擦りつけながら、美人教師の恥ずかしい割れ目へと舌を這わせていった。

陰唇の表面を舐めてみると、乾いた汗の匂いに似た味があった。

舌を中に潜り込ませ、滑らかな柔肉に触れ、もう一度戻って舌先で入口付近をクチュクチュと掻き回してみた。

うっすらと淡い酸味、薄めたレモン水のような味。それに誘われるようにすぐにも舌の動きが滑らかになっていった。

そして柔肉を舐め上げ、クリトリスを探る。

「ああっ……、だめっ……」

志織がビクッと内腿を震わせながら、声を上ずらせて喘《あえ》いだ。

やはりクリトリスが最も感じるのだろうか。

藤夫はわざとチロチロと弾くように舐めてみることにした。上唇で包皮を剝き、露出したクリトリスにチュッと吸いつく。

「やめて……、ああ……！」

志織が身を反らせて喘いだ。

やはりそうか。

心なしか湿りが増えてきたようにも感じ、藤夫はもう夢中になってクリトリスを責め続けた。

そしてさらに腰を浮かさせ、お尻の谷間にも顔を潜り込ませてみた。

両足首が固定されているものの、腰を抱えて下に引っ張るとロープに余裕が出て少しだけ脚を浮かせることができ、充分に尻の丸みを見ることができた。

指でムッチリと谷間を広げると、奥にあったツボミが恥じらうようにキュッと閉じられた。

「こんなにきれいな先生でも、ちゃんと肛門があるんだね」

藤夫は言いながら、薄桃色の蕾を近々と眺め、鼻を押しつけた。

蕾に鼻を擦りつけて嗅ぐと、淡い汗の匂いに混じり、やはり独特の匂いがした。

女教師の秘密の匂いを知ったことに藤夫は感動した。

そして舌先を潜り込ませてみると、内部のヌルッとした粘膜にも触れることができた。

「あう……、それ、ダメ、やめて……！」

志織が呻き、肛門から舌先を締め出そうとする。

粘膜には、うっすらと甘苦いような味があった。これが女教師の排泄物の味なのか、あるいは粘膜そのものの味なのかはわからないが、とにかくここまできたことでかなりの満足感が得られた。

舌を出し入れさせるように動かしてみて、味わっては引き抜き、再び割れ目に戻っていった。

すると、いつの間にか愛液の量が増していた。

「すごく濡れてるよ、先生」

「う、嘘よ……」

「自分で触ってみるとわかるよ。でも、この体勢じゃ無理かな」

クリトリスを舐めながら言うと、志織が息を荒くさせながら言い、じっとしていられないように激しく身悶えた。

さらに藤夫は人差し指を膣の入口に押し込み、内側を小刻みに擦りながら徐々に奥へと挿し入れていった。

中は温かく、潤いも充分なので指は滑らかに吸い込まれた。

天井の膨らみを擦り、よくわからないながらもGスポットだと思われる部分を確認した。

「お、お願いよ、安本くん、もう、やめて……」

志織はハアハア息を弾ませながら、哀願するように言った。

藤夫の方も、限界でそろそろ一回目の射精がしたくなっていた。

とにかく初体験をしてしまいたくなったのだ。

彼は指をヌルッと引き抜いて顔を上げ、いったんベッドを降りて手早く服を脱いだ。

全裸になり、ピンピンに勃起したペニスを露わにさせて再びベッドに上がり、拘束され、大股開きになっている志織の股間に体を割り込ませていった。

「い、いや……」

志織が怯えに声を震わせて言った。

「じゃ、入れるからね。学校にいる時からの願いだったんだ、僕の童貞を志織先生に捧げるよ」

彼は言い、先端を割れ目に擦りつけて潤滑油を与えながら位置を探った。

しかし見当をつけたのに入らない。一瞬あわてたが、もっと下かと思って先端を下げると、いきなりヌルッと潜り込んだ。

「あう……！」

志織が呻いた。藤夫は潤いに合わせてそのまま力を入れた。するとヌルヌルッと根元まで入っていった。

これが――。

何という気持ちよさだろうか。ペニスが一つの方向に定まり、温かく濡れた柔肉の奥に包まれ、完全に嵌まり込んだのだ。

その挿入の摩擦だけで、彼は危うく出してしまいそうになるのを、必死で堪えた。

藤夫は内部の温もりと感触を味わうように股間を密着させ、ゆっくりと身を重ねていった。

胸の下で豊かな膨らみが押し潰れ、クッションのように心地よく弾んだ。

吸い付くような柔肌の感触と温もりや、息づくような膣内の収縮など、想像していたとおりの素晴らしさだった。

「ああ、とうとう憧れの志織先生と一つになれた……」

藤夫は感激と快感に包まれながら喘ぎ、すぐ終わってしまいそうなのでじっと動かないまま、彼女の唇に迫っていった。

「……！」

唇を密着させると、志織が眉をひそめて声にならない声を出し、きゅっと前歯を閉ざした。

メガネが顔に冷たく触れ、二人分の息でレンズがわずかに曇った。

藤夫は柔らかな唇の感触と、唾液の湿り気を味わいながら、ゆっくりと舌を挿し入れていった。

そんな様子を、設置されたＤＶＤカメラのレンズが撮り続けていた――。

4

「先生、口を開いて。乱暴なことはしたくないんだ、ね、だから……」

いくら舌を入れようとしても志織が頑《かたくな》に唇を閉じているので、藤夫はいったん口を離して頼んでみた。

すると志織も、「乱暴なことはしない」という言葉に安心したのか、ゆっくりと唇と前歯を開いてくれた。

何をされるかわからないという恐怖と、そのうえすでに挿入されているので諦めの気持ちが働いたのだろう。

「もっと大きく」

さらに言うと、志織は大きく口を開いた。

鼻を寄せると、熱い吐息と甘い匂いが鼻腔をくすぐってきた。

「ああ、いい匂いだ……」

藤夫は、志織の開いた口に鼻を近づけ、美人教師の甘い吐息を胸いっぱいに吸いこんだ。

かつて授業中に質問に答える先生の吐息を想像したときよりも、ごく自然のままの刺激があり、よけいに興奮した。

藤夫は執拗に嗅ぐと、ピッタリと唇を重ねた。

白く滑らかな歯並びを舐め、引き締まった歯茎も探り、さらに奥でちぢこまっている舌をクチュクチュと探った。

「んん……」

それは志織が小さく呻き、避けようとするたびヌラヌラと蠢《うごめ》いて、まるで生き物のようだった。

（これが、ファーストキス……それも先生と……）

その心地よさに酔いしれ、もう我慢できなくなった藤夫は小刻みに腰を突き動かしはじめた。

こればかりは本能がそうさせるのだろうが、ぎこちないながらためらいなく腰が前後し、心地よい摩擦と潤いがペニスを包んでいった。

「ああ……」

志織が口を離し、顔を仰け反らせながら喘ぐ。

その拍子にメガネがずれたので、外して枕元に置いてやった。

「ああ、きれいだ……」

藤夫はメガネなしの志織の素顔の美しさにうっとりしながら言い、乱れた髪を直してやった。

「じゃあ、もう一回、口を開いて」

顎を押さえて言うと、志織が涙目で彼を見上げながら再び口を開いてくれた。

すかさず藤夫は屈み込み、唾液の固まりを彼女の口に垂らした。

「飲んで、先生」

「く……」

藤夫の要求に、志織は眉をしかめて呻き、横を向いて吐き出そうとしたものの顎を押さえられて、仕方なくコクンと飲み込んでくれた。

それを見た藤夫はますます興奮と快感を高め、リズミカルに腰を動かす。室内にクチュクチュと潤いすぎた摩擦音が大きく響いた。

快感が高まると動きを止め、呼吸を整えてからまた動き、この気持ちよさを少しでも長く保たせようと必死に努めた。

その一方で、藤夫は前々から訊きたいと思っていたことをここで口にした。

「志織先生は、何人の男を知っているの。一人？　二人？　もっと？」

「……」

また志織は頑なに口を閉ざした。

「正直に答えてくれないと困るな。先生の肌に傷を付けるようなことはしたくないんだ」

そう言うだけで志織はビクリと身じろぎ、反射的にキュッと締めつけてきた。

「ひ、一人……よ」

観念したように、ようやく小さく答えた。

「どんな奴？　別れてどれぐらいなの？」

「大学の先輩で、二つ上。三年間付き合って……、別れて一年半よ……」

「じゃ教師になってからも、何度かセックスしていたんだね。じゃあセックスは一年半ぶりなのか。なぜ別れたの」

「か、彼が、北海道へ帰ったから……」

「そうなんだ、遠距離は乗り越えられず、所詮その程度の遊びの付き合いだった、と」

「……」

「これからは、僕を好きになってくれないかな」

「そんなの無理……」

志織が眉を険しくさせ、下から彼を睨んで答えた。

「僕がどれだけ先生のことを思ってるか知らないんだね、だからそんなことを言うんだ」

そう言いながら、あのメモに書かれていたことを口に出して並べたててみた。

「そんな……」

自分に関する恥ずかしいことを列挙され、困惑する志織の表情に藤夫は激しい興奮を覚え、さらに腰の動きを強めた。

股間をぶつけるように突き動かすたび、新たに溢れた愛液がクチュクチュと音を立てる。

感じて濡れているというより、敏感な膣を守るため、痛みを和らげるのと殺菌のために分泌されているような印象だ。

「ああ……、だめ……」

志織が刺激に声を上げ、キュッキュッと膣内が収縮した。

もう限界である。

藤夫はとうとう大きな絶頂の快感に全身を貫かれ、ドクドクと勢いよく射精した。

「あぁッ……」

噴出がわかったのか、志織が声を洩らした。

「く……!」

藤夫は快感に呻きながら最後の一滴まで出し尽くしてしまった。

「ああ、気持ちいいっ……」

そしてわざと大きめに言い、同時に腰の動きを弱めていった。

放心したようにぐったり身を投げ出した志織は、顔を横に向けて荒い呼吸を繰り返していた。

藤夫も完全に動きを止め、深々と押し込んだまま膣の収縮にヒクヒクと反応した。

そして美人教師の喘ぐ口に再び鼻を押しつけ、熱く甘い息を嗅いで、うっとりと余韻を味わった。

何という満足感だろう。セックスがこんなに気持ちいいものだったとは——。激情の嵐が通り過ぎても後悔などは微塵も無く、次はどんな方法で射精しようかと、それしか考えられなかった。

呼吸を整えて身を起こし、ゆっくり股間を引き離した。そしてティッシュで手早くペニスを拭うとベッドを降り、ＤＶＤカメラを手にして、初体験をさせてくれたばかりの股間にゆっくりと近づける。

「う……」

今初めてカメラの存在に気づき、志織が声を洩らして身を硬くした。

「え⁉　ま、まさか……最初から……？」

「ええ、一部始終を記録してあるけど」

彼は、志織の表情もアップで撮りながら答えた。

「いやっ！　そんなの、消して……！」

「ええ、もちろん。先生が僕の恋人になって、いつでもこういうことをさせてくれるようになれば、必ず消去します」

「……」

落胆した志織は口を閉ざしてしまった。藤夫は、精液が逆流している割れ目もティッシュで丁寧に拭ってやった。なぜか、そこに愛おしさを感じた。

「いつ、解放してくれるの……」

「そう、あと二回、射精したら」

「じゃあ手錠を外して。痛いわ。シャワーも借りたいの……」

「わかりました。こうしましょう」

藤夫は言って、事前に用意していた大型犬用の首輪を志織の首に装着し、鎖をベッドの脚に結んで錠を掛けた。

鍵は鎖の届く範囲から遠く離れたところに置き、あらためて両手首の手錠と足首のロープを解いてやった。そして乱れたブラウスとブラジャーも取り去って、一糸まとわぬ姿にさせた。

「は、早くシャワーを……お願い」

志織は半身を起こし、ベッドの隅で身を縮め、手首をさすりながら懇願した。

「待って。もう一回出してからね」

藤夫は彼女の方に股間を見せつけるように仰向けになった。

すでにペニスはムクムクと回復していた。しかも、美女に股間を見られているという背中合わせの快感も加わった。

「しゃぶって。そうだ、先にここを。僕も舐めたんだから」

彼は両脚を浮かせ、自ら抱え込んで言った。

5

「さあ、早く肛門を舐めて——僕が先生にしたのと同じように舌も入れてみて」

志織は羞恥を甦らせたように唇を噛んだ。

最初は何度もためらっていたが、やがて、何かを悟ったようにノロノロと屈み込んできた。

そして熱い息で肌をくすぐりながら舌を伸ばし、チロチロと控えめに肛門を舐めてきた。

「ううっ……気持ちいい……、もっと強く押しこんで、中まで……僕もやったでしょ」

藤夫は体を震わせながら喘ぎ、志織もいったん触れると居直ったのか舌を這い回らせ、舌先をヌルッと潜り込ませてきた。

「中で動かしてみて……」

そうせがむと志織も熱い鼻息で陰囊《いんのう》をくすぐりながら、嫌々な様子で内部で舌を蠢かせた。

するとペニスが内側から刺激されるようにピンピンに突き立ち、元の硬さと大きさを取り戻していった。

「袋のほうも……」

脚を下ろしながら言うと、志織は息を詰めて、陰囊を舐めてくれた。たまに生温かな息が股間に当たり、二つの睾丸が転がされた。

ここにも不思議な快感があった。男の急所を無防備にしたポーズで、自分のことを好きでもない美女に舐めてもらっているのだから。

よもや嚙むことはしないだろうが、微かなスリルでゾクゾクする快感と美女の顔の前でこうして大股開きしていることで彼は高まっていった。

「じゃ、しゃぶって」

せがむように言うと、ようやく志織も舌先でペニスの裏側を舐め上げてきた。セミロングの髪がサラリと内腿を撫で、滑らかな舌先がそれを待つかのようにヒクヒクしている幹の先端に達した。

「先っぽをたっぷり舐めてから口に」

さらに図々しく要求してみた。半信半疑である。が、志織は微かに眉をひそめながら舌先でチロチロと尿道口の付近を舐め回した。

そしてそこに滲む粘液を拭うと、ようやく張りつめた亀頭をくわえてくれた。

「ああ……、もっと……一番奥まで……」

藤夫が喘ぎながら言うと、志織はスッポリと喉の奥まで呑み込み、その拍子に熱い鼻息が恥毛をくすぐった。

美人教師の口の中は温かく濡れて、幹をほどよく締め付ける唇の感触が気持ちよかった。ペニスに直接感じる快感以上に、男子生徒たちの憧れだった志織が、いま自分のペニスをしゃぶっているという事実に圧倒され、興奮していた。

もしさっき射精したばかりでなかったら、くわえられた瞬間に漏らしていたことだろう。

「舌を動かして。からめるようにして」

言わないと何もしてくれないのがわかっているので、ひとつひとつ藤夫は要求していた。

ようやく志織も口の中でクチュクチュと舌を蠢かせ、滑らかな感触にペニスが震えた。

そのうち志織の唾液にまみれたペニスに、ジワジワと絶頂が迫ってきた。

「い、いきそう……っ、ほら、顔を動かして……」

藤夫はズンズンと股間を突き上げながら言い、彼女の頭に手を当てて顔を上下させた。

すると唾液に濡れた口がスポスポと、事務的だが強烈な摩擦を生んだ。

幹を擦る唇の感触と、内部で蠢く舌。股間に籠もる息と生温かな唾液。そして股間を見ると、憧れの美人教師が淫らにしゃぶっているのだ。

「もっと吸って、音を立てて……」

そう言うとピチャピチャとお行儀悪い音が聞こえてきた。

「い、いく……、の、飲んで……、ああっ……!」

藤夫はオルガスムスの波に呑み込まれて口走り、二度目とも思えない快感とともに大量の精液を勢いよくほとばしらせた。

「く……、んん……」

喉の奥に熱い噴出を受け、志織が顔をしかめて呻いた。

藤夫は、美しい志織先生の口を汚すという禁断の快感に腰をよじりながら、一滴余さず絞り出していった。

すべて出し切ってグッタリと身を投げ出すと、志織の方も観念したのか、口に溜まった精液を、亀頭を含んだまま息を詰めてゴクリと飲み干した。

「ああ……」

飲み込まれると同時に口腔がキュッと締まり、彼はさらなる快感に喘いだ。

やがて志織が口を離し、気持ち悪そうに眉をしかめた。

それを見た藤夫が、

「先っぽもちゃんと舐めて綺麗にして」

と言うと、嫌そうにだが幹に指を添え、尿道口から滲む余った雫《しずく》まで舐め取った。

「ああ……」

藤夫は舌の刺激に喘ぎ、射精直後で過敏になっている亀頭を震わせた。

だ。

「も、もういい……」

藤夫が言うと、ようやく志織も顔を上げてきょろきょろと何かを探した。

多分、ティッシュで唇を拭きたいのだろう。届くところにないので諦めたようだ。

「じゃ、バスルームに行きましょうか」

呼吸を整えた藤夫は、ベッドを降りると鎖の錠を外して志織を引っ張った。

志織も降りて立ち上がり、鎖で引かれながら寝室を出て、バスルームへと向かった。

藤夫は鎖をバスルームの取っ手に結んで錠を掛け、鍵を遠くに置いた。

すでに追いだきしてあるので、バスタブには適温の湯が張られていた。

藤夫が先に湯に浸かると、志織は力なく椅子に掛け、勝手にシャワーの湯を出して浴びはじめた。

そしてボディソープを手のひらに取って股間を念入りに洗い、さらに全身を流した。

「お湯に浸かりますか」

「いいわ。早く帰りたいの……」

「ちょっと待ってください」

藤夫は湯から上がって言い、志織を目の前に立たせた。藤夫には、まだ志織にさせてみたいことが残っていた。

「さあ、僕に向けておしっこをかけてください」

「な、何ですって……」

志織は信じられないといった面持ちで、文字通り尻込みして絶句した。

藤夫は彼女の腰を抱え、濡れた茂みに鼻を押しつけた。クリトリスを舐めるとまた新たな愛液が滲んできたのか、淡い酸味が感じられた。

「それは無理。いやよ。諦めて……」

「ううん、待つから。するまでここから出さないから、本気で出して。先生、撮影されたこと、覚えてるよね？」

困った表情で膝を震わせる志織を無視して、彼は執拗にクリトリスを力を入れて舐め回し、強く吸い付いた。

「あうう……、だめ……」

自らの意思とは反対に感じはじめたのか、再び呻き、溢れてくる愛液に舌の動きがヌラヌラと滑らかになっていった。

やはり、男性経験から絶頂もすでに知っている志織は、強引にしろ犯されたことでその感覚が甦り、すっかり感じやすく濡れやすい状態になっているのかもしれない。そこは頭ではなく、肉体の方が快楽を覚え、すぐにも元の感じに戻ったということなのだろう。

藤夫は童貞だったが、そうしたことをネットや本で知り、それなりの知識は豊富であった。

志織も吸い付かれるうち尿意が高まってきたのか、彼が言うように、しなければ何をされるのかわからないと悟ったのか、とうとう下腹に力を入れはじめてくれたようだった。

それに合わせて舐めている柔肉が蠢き、迫り出すように丸みを帯びた。

「く……、本当に出ちゃう……」

志織が息を詰めて言うと、藤夫も期待に胸を高鳴らせ、ペニスが硬くなってきた。

「あう、あ、出る。顔をどけて……」

彼女が言うなり割れ目内部の味わいと温もりが変化し、チョロチョロと流れがほとばしった。

ほんのり湯気の立つオシッコが勢いを増して注がれ、溢れた分が胸から腹に伝わり、すっかり勃起したペニスを温かく浸してきた。尿特有の匂いも漂ってくる。

藤夫は先生の恥ずかしい姿を目にし、心の底から快哉を叫んだ
「ああ……」

志織は体を震わせて喘いだ。

勢いの弱まったのを確認し、藤夫は割れ目に口を付けて雫をすすり、クリトリスを舐め回した。

「も、もうだめ……」

志織は言うなり、とうとう力尽きたのか、座り込んでしまったのだった——。

# 第二章　健康的な太腿

## 1

「ねえ、今度は僕の顔に跨《また》がって。下から見上げながら舐めてみたい」

全裸のまま浴室からベッドに戻ってくると、藤夫は仰向けになって言った。

首輪の鎖はベッドの脚に固定した。四肢を縛っていたときと違い、首輪だけだから志織を上にできるのだ。

「そんなこと……」

志織は身体を縮めて、嫌がった。

「元教え子におしっこを飲ませたんだから、もう何でも平気でしょう」

藤夫はわざとそう言って彼女を引き寄せ、強引に足首を摑んで顔を跨がせてしまった。

「ああっ……」

志織はとうとう彼の顔に跨がったものの、しゃがみ込んでいられず両膝を突いた。

藤夫は下から腰を抱え、湯の香りの残る茂みに鼻を埋め、舌を這わせた。

「もう先生の匂いはしなくなっちゃったね。でもヌルヌルはさっきより多い」

また志織が羞恥と屈辱に身を固くした。

それでもクリトリスを舐めると愛液の量が格段に増し、

「く……！」

志織は息を詰めて呻き、次第にうねうねと肌をくねらせはじめていった。

仰向けで舐めると割れ目に自分の唾液が溜まらずにすみ、愛液の分泌する様子が舌に伝わるような感じがして、これは新鮮な悦びだった。

しかも憧れの美人教師が全裸で顔に跨がっているという現実、それだけでも大きな感激と興奮があった。

柔肉を舐めるごとに、新たな淡い酸味のぬめりが湧き出してきた。

「割れ目のところを擦りつけてみて」

支配者なのに被虐の快楽を求める自分を不思議に思いながらも、やめられなかった。顔を擦りつけると、

「ああ……」

志織は喘ぎながら、いつしかグリグリと彼の顔に股間を擦りつけはじめたのだ。時に強く座り込まれ、心地よい窒息感のなかで、藤夫も激しく勃起した。そして顔は愛液にまみれていった。

「しゃぶって……」

そう言いながら彼女の顔を股間に押しやると、志織も鎖の音をたてながら移動した。

藤夫は下から彼女の股間を抱き寄せ、勃起したペニスを突き出した。

志織も、女上位のシックスナインの形になり、スッポリと根元まで藤夫のペニスを含んだ。

「ンンッ……！」

股間を突き上げると先端がヌルッと喉の奥の肉に触れ、
彼女が苦しげに呻き、大量の唾液を分泌させてきた。

藤夫も割れ目とクリトリスを舐め、目の上で震える可憐な肛門を見上げながら愛液をすすった。

志織は深々と呑み込み、熱い鼻息で陰嚢をくすぐりながら吸い付いて、クチュクチュと舌をからめてきた。口による愛撫は、おそらく過去の唯一の彼氏にしていたのと同じやり方なのだろう。

もはや志織にもためらいは薄れていた。ここまで来たら何をしようと同じだと思ったか、それともあと一回射精させれば解放されるという望みを抱いているのかもしれない。

藤夫は美人教師の口の中で、ペニスを生温かな唾液にまみれさせ、すっかり元の硬さと大きさを取り戻していた。

さきほどから目に入っている肛門にも興味を持った藤夫は、さらに伸び上がってそこを舐め、唾液に濡らした人差し指をズブリと押し込み、親指も膣口に潜り込ませてみた。

「これで、きれいな先生の二つの穴をふさいじゃったね」

そう言うと、柔らかなボーリングの球でも持つように、それぞれの指でキュッキュッと間の肉を摘んでクリトリスにも吸い付き、もう片方の手で柔らかな乳房を揉んだ。二つの穴の各々異なる感触が新鮮だった。

「いや……、ああっ、もう……！」

志織は三点責めに激しく尻をくねらせ、反射的にチュッと強く亀頭を吸ったがすぐスポンと口を離して喘いだ。

藤夫も前後の穴からヌルッと指を抜いた。

肛門に入っていた指には汚れはなかったが、膣に入っていたほうはあれだけ溢れていた名残りか白っぽい粘液にまみれていた。

「上から跨いで」

さらに藤夫が鎖を引っ張って言うと、志織はゆっくりと向き直り、彼の股間に女上位で跨がった。

そして自らの唾液にまみれた先端に割れ目を押しつけ、幹に指を添えながら腰を沈めてきた。

張りつめた亀頭が潜り込む。

志織は自分の重みと潤いに任せ、ヌルヌルッと一気に根元まで納め、股間を密着させて座り込んだ。

「あああっ……！」

志織が顔を仰け反らせて喘ぎ、ペニスを締め付けてきた。

「先生、授業の時みたいにメガネかけてくれない？」

藤夫が快感を嚙み締めながら言って、枕元のメガネを渡した。いつも見ていた美人教師の顔で果てたかったのだ。

素直にメガネをかけてくれた志織を藤夫が両手で抱き寄せると、ゆっくりと身を重ねてきた。

「さっきの僕と反対に唾を垂らしてみて」

抱き留めながら言うと、志織は少しためらったのち、やがて唇をすぼめて迫ってくれた。やはり一つになってしまった効果なのか、何もかも彼のペニスに操られるように言いなりになった。

小泡の多い粘液が唇から滲み出て、やがてひとかたまりになって糸を引き、トロリと吐き出されてきた。

それを舌に受け、生温かくねっとりとした舌触りを味わってから飲み込むと、甘美な悦びが胸いっぱいに広がっていった。

「顔にも」

「ダメよ、そんなことできない……」

「こんな目に遭わせた僕が憎いでしょう。だから、思い切りやってみれば」

「ああ……」

志織は、やがて自棄《やけ》になったように、そして半分は多分本気でペッと強く吐きかけてきた。湿り気ある甘い息とともに、生温かな粘液がピチャッと鼻筋を濡らし、頬の丸みを伝い流れた。

「ああ……」

藤夫はうっとりと酔いしれながら、下からズンズンと股間を突き上げはじめた。彼の陰嚢まで濡らすほど溢れる愛液が律動を滑らかにさせ、クチュクチュと淫らに湿った摩擦音が聞こえてくる。

さらに藤夫は彼女の顔を引き寄せ、その唇に顔を擦りつけた。

「舌を出して……」

彼は滑らかな感触を顔に受けてから、美人教師の舌を伸ばした口に鼻を押し込んだ。

「何するの……」

志織はまた羞恥に小さく声を洩らしたが、藤夫は妙な一体感に満たされながら心ゆくまで彼女の口の匂いで胸を満たし、じわじわと昇り詰めていった。

「い、いく……！」

突き上がる大きな絶頂の快感に口走り、彼はありったけの精液をドクドクと勢いよく柔肉の奥にほとばしらせた。

「あう、だめ……、ああっ……！」

すると熱い噴出を感じた志織が声を上ずらせるなり、ガクガクと激しい痙攣《けいれん》を起こしたのだ。

どうやら本格的にオルガスムスに達したようだった。

膣内の収縮も活発になり、志織の乱れっぷりに感動を覚えながら、藤夫は天にも昇る思いで最後の一滴まで出しきろうとした。

そして満足しながら徐々に動きを弱めていくと、いつしか志織はガックリと力を抜き、失神したように彼にもたれかかってきた。

膣内の収縮は治まらず、キュッときつく締まるたびペニスが反応してヒクヒクと跳ね上がる。

「ああ……、先生もいったんだ……!!」

藤夫は完全に動きを止め、美人教師の温もりと重みを受け止めながら言った。

志織は何も答えることなく、痙攣を続けながら荒い息遣いを繰り返していた。

## 2

「あれ、須賀さん」

「まあ、安本くん」

街で藤夫が声を掛けると、真希もすぐに応えてくれた。学校で会話を交わしたことはないが、まだ卒業して一週間だし、影が薄いとはいえ成績優秀だった藤夫を忘れるわけはない。

しかし、もちろん偶然ではない。

昨日、志織を攻略してすっかり自信をつけた藤夫は、今度は真希にターゲットを絞ったのだった。

昨夕、志織は録画の消去を繰り返し頼んだが、藤夫は拒んでいた。ただ何度か会ってもらえれば、やがて消すと約束すると彼女も諦めて帰っていったのである。ブラとショーツ、パンストは切り裂いてしまったから、ノーパンノーブラで帰ってもらうことになった。

そのあとで、藤夫は録画した映像を見ながら、もう一回オナニーをした。

そして今日の昼過ぎ、新たな獲物の家周辺に出向き、さりげなく真希が出てくるのを待っていたのである。

どうせ春休み中で暇だろうから、何かの用事で出てくると思っていたが、それが当たり、彼は駅へ向かう商店街で追いついたのだった。

「アメリカへ行くんでしょ？」

何か話題を探していると、真希の方から屈託なく話しかけてきた。

「うん、まだ先だけどね。あっちでは秋の入学だから」

「そう、でもすごいわ」

真希が、素直に尊敬の眼差しを向けて言った。

笑窪と八重歯が愛らしくて、春の陽射しを含んだ長い髪の匂いがふんわりと流れてくるようだった。

(志織先生と同じで、彼女の割れ目も、クリトリスを刺激すれば濡れるんだろうな……)

そう思うだけで、股間が熱くなってきてしまった。

と、彼女が手に二本の映画ＤＶＤを持っているのに気づいた。

「それは？」

「ええ、これから返しにいくの」

その言葉を聞きながら、藤夫は目まぐるしく頭を回転させていた。

「だったら帰りに、一緒に笹野先生の家に行かない？　僕、これから呼ばれているんだ。引っ越したばかりなので、みんなで本の整理を手伝ってほしいって。一人でも多い方が助かるだろうから」

「まあ、笹野先生、引っ越したの」

真希は、目を丸くして答えた。

なぜ、文芸部だった自分が顧問の引っ越しを知らないのか、なぜ藤夫が呼ばれたのか、そうした疑問を抱くこともなく、真希は憧れの志織の家に興味を示した。

「今日、何か用事ある？」

「何もないわ。両親も旅行に出ちゃったし。私も行きたいな」

「じゃ、僕は先に行くから、あとから来ればいい。あのマンションの五階、508号室だよ」

藤夫は、自分のマンションを指して言った。

「508ね。わかった、すぐ行くわ」

真希は言い、小走りにレンタルビデオ屋の方へと去っていった。

藤夫も急いでマンションに戻り、エレベーターで五階まで上がった。そして自分の部屋に戻ると紙に『笹野志織』と書いて、『安本』と書かれた表札の上から貼り付けておいた。

そして昨日のようにバスタブに湯を張り、ベッドにＤＶＤカメラを向けて録画のスイッチを入れた。

もし真希が、日頃から顧問だった志織とメールのやりとりがあり、確認のメールでもしたらアウトだが、さっきの彼女の様子からすると、そんなことより一刻も早く来たい感じだった。

そして、予想より早くチャイムが鳴ったのである。

玄関の魚眼レンズから覗くと、気が急くように息を弾ませた真希の顔があった。

藤夫はドアを開け、彼女を招き入れた。

「先生は奥だよ」

「ええ。先生、お邪魔します」

真希は何の疑いもなく奥に向かって言い、上がり込んできた。

藤夫は寝室に彼女を招き入れると、さっそく昨日と同じようにカチリと手錠を嵌め、ベッドの桟に固定してしまった。

「え……？　何するの。先生は？」

「ごめんよ。ここは僕の家なんだ」

「何を言ってるの。これ外して……」

「うん、待ってね」

藤夫は答えて寝室を出ると玄関に行き、外の表札を元に戻してからドアロックをして戻った。

「どういうことなの……」

「志織先生は引っ越しなんかしていないんだ。ここは元から僕の家だからね、これから真希ちゃんとセックスしたくて嘘をついたのさ」

藤夫は首輪を出し、真希の首に掛けた。呆然として、事態を把握できず恐怖も抱かないでいる彼女はされるままだった。

「早く外してよ」

「うん、ほら、外したよ」

藤夫は首輪の鎖をベッドの脚に固定して施錠してから、彼女の手錠を外してやった。

「首輪も！」

「それはダメ。あまり暴れると食い込んで痛いからね、じっと仰向けになってるんだ」

藤夫は彼女を押しやり、ベッドに横たえた。

「やめて……！　何をするつもり……」

「セックスだよ。僕は暴力をふるうのが嫌いだから、言いなりになってね」

「こ、これは暴力よ……」

「ううん、僕が言う暴力は、女の子の顔を殴ったり、刃物で肌を傷つけたりすることだよ。そういうことは、なるべくしたくないからね」

真希もようやく恐怖を覚えたように横になって身を強ばらせはじめた。

彼女は大人しげに見えるが、快活なところもあるし好奇心も旺盛だろう。だが高校を出てもまだ十七歳。顔立ちは幼く、今日のブラウスもスカートも少女っぽい感じで、ナマ脚の覗く白のソックスだ。

「まだ処女だよね？」

藤夫は核心の部分をストレートに訊いた。

怯えている真希は答えず、ただ身を縮めるばかりだった。

「キスしたことはある？」

重ねて言うと、ようやく真希は小さくかぶりを振った。これほどの美少女が共学の高校で、無垢なまま卒業したのは奇蹟であった。

「じゃ、まず足からいくね」

藤夫は言い、彼女の足の方に向かい、足首を摑んで持ち上げた。

「あん……！」

脚が浮くと、彼女は声を洩らしてスカートの裾を押さえた。

白いソックスの足裏は、踵と指先が微かに黒ずみ、鼻を埋めて嗅ぐと繊維越しに匂いが感じられた。

美少女のナマの部分に触れた気がして、藤夫は興奮した。

ソックスを脱がせると、処女の愛らしい素足が露わになった。

もがく脚を押さえつけて足首を摑み、踵から土踏まずを舐め、縮こまった指に鼻を割り込ませて嗅いだ。

そこはやはり真希には不似合いな、蒸れた匂いが濃く籠もっていた。

藤夫はそのままパクッと爪先にしゃぶり付いた。

「あっ……、だめ、何してるの……！」

真希が驚いたように言い、ビクッと足を引っ込めようとした。足指をしゃぶるなど、彼女にはありえないことなのだろう。

構わず押さえつけて可愛い桜色の爪を舐め、そっと噛み、全ての指の股に舌を挿し入れていった。

「あう……、やめて……」

くすぐったさとおぞましさからか、真希が呻き、彼の口の中で指を縮め、舌を挟みつけてきた。足首を摑んでも激しくもがき、まるでピチピチと跳ねる若鮎のようで志織の時とはまったく印象が違っていた。

いったん舐め尽くすと、もう片方の足を浮かせ、同じように爪先をしゃぶった。腰をくねらせるたびに裾が乱れ、ムッチリとした健康的な太腿が躍動し、その状景に藤夫はそそられた。

両足とも味わうと、藤夫は滑らかな脛を舐め上げ、丸い膝小僧にも歯を立て、さらに腹這いになった両膝の間に顔を割り込ませていった。

スベスベの内腿に舌を這わせ、生温かなスカートの中に潜り込むと、白い下着の中心部が迫ってきた。

下着の上から顔を埋め込んでみる。

やはり繊維に沁み込んだ熱気が鼻腔を満たしてきた。

しかし、それほどの匂いはない。

いったん顔を上げて完全に裾をめくり上げると、彼は下着に指を掛けて引き下ろした。

3

「い、いやッ……、お願い、安本くん、やめて……」

真希が涙声で言い、懸命に両手で股間を押さえようとするが、やはり藤夫のことが薄気味悪くて仕方がないのだろう。気持ち悪さが先行してなかなか力が入らないようだった。

尻の丸みを通過した後は難なく下着を下ろすことができた。

裏返った下着を両足首からスッポリ抜き取ると、やはり彼は例によって下着の観察をはじめた。

多分、昨夜の入浴後に履き替えた後はずっと身に着けていたもののはずだ。

それは志織のショーツのように、微かに食い込みの縦皺とレモン色の変色が認められ、処女の股間を覆うに相応しい柔らかさに満ちていた。

鼻を埋め込むと、体温の暖かみとともに、汗とオシッコの匂いが伝わってきた。下着の表面からではわからなくても、内側はそれなりに匂うのだった。

「いい匂いがするよ」

思わず口に出すと、真希は恥ずかしいのだろう、サッと顔を背けた。

いよいよ彼が本気だということがわかってきて、徐々に変態性を露わにしていく様子が恐怖心を煽っているに違いない。

一方、肛門の当たる部分の変色や匂いはなく、志織と同じように抜けた恥毛一本見当たらなかった。残念な気はしたが、やはり抜き打ちのように不意を突いても、常に女性というのは清潔にしているものなのだなとふと思った。

やがて下着を置き、藤夫は再び腹這いになり、丸出しになっている真希の股間に顔を寄せていった。

「手をどかして。乱暴にしたくないから」

股間を覆う手を引き離しながら言うと、真希も怯えながら従い、その瞬間、処女の割れ目が目に飛び込んできた。

――！

股間の丘はぷっくりとし、そこに茂る若草はほんのひとつまみほど。それは恥ずかしげに淡く煙っていた。割れ目もゴムまりのように丸みを帯び、志織よりも小ぶりの花びらがはみ出していた。

藤夫はその神々しさに目を瞠《みは》り、言葉を詰まらせた。

まずそっと指を当てて陰唇を左右に広げてみた。

「く……！」

真希が小さく呻き、ビクリと内腿を震わせた。彼女は両手で顔を覆って息を殺していた。

中はツヤツヤとしたきれいなピンクの柔肉だった。誰にも触れさせたことなどない膣口がひっそりと息づき、ポツンとした尿道口もはっきり見えた。包皮の下から光沢を放って覗くクリトリスも、志織より小さめだった。

だが、まだ濡れておらず、足指の間程度の湿り気しかない。

「きれいだね」

藤夫が股間から言うと、そこに真希は彼の熱い視線と息を感じたらしく、激しい羞恥に白い下腹を波打たせた。

彼は顔を埋め込み、柔らかな若草に鼻を擦りつけて嗅いだ。隅々にえも言われぬ匂いが籠もり、明らかにそれとわかる残尿臭もほんのり入り交じって藤夫を感動させた。

「ああ……本当にいい匂いだ」

藤夫は言いながら犬のように鼻をわざと鳴らしてクンクンと嗅ぎまくり、陰唇の内側に舌を這わせていった。

そしてそのまま膣口の襞を掻き回し、クリトリスまで舐め上げていった。

「あぁっ……！」

真希が熱く喘ぎ、内腿でムッチリと彼の顔を挟み付けてきた。

やはりクリトリスは感じるようだ。

「オナニーはしているのかな？」

軽く訊いてみたが、彼女は顔を隠したままかぶりを振るばかりだ。それは否定ではなく答えたくないということだろう。それでも激しい動揺が見られたから、たまにいじるくらいはしているのだろう。

藤夫は舌先でチロチロとクリトリスを舐め、何度か膣口の周りまで往復してみたが、体がこういうことに反応し慣れていないのか、まだ濡れた様子はなく彼の唾液によるぬめりばかりだった。

さらにオムツでも当てるように両脚を浮かせ、清らかな尻に迫ってその谷間を開いてみた。

かわいい薄桃色の肛門が、蕾のようにひっそり閉じられていた。

真ん中から周囲に走る襞もきれいに揃い、一本だけ膣側に向かいやや太めの襞があった。

おそらく初潮や発毛以後は、母親や医者にすら見せたことのない、秘密の部分だろう。

（こんなきれいな同級生の恥ずかしい肛門を見ているなんて……）

藤夫は自分でも信じられなかった。

鼻を押しつけて嗅いでみると、淡い汗の匂いに混じって、ほんのりとした微香が鼻を刺激してきた。

藤夫はそれを何度も嗅いでは、舌を這わせていった。

最初は触れるか触れないかという微妙なタッチでちろちろと舐め、徐々に唾液に濡らしてから大胆に舐め回し、さらにぬるっと潜り込ませて中の粘膜も味わった。

「く……！　だめっ……」

真希が息を詰め、肛門を締めてきた。

藤夫はバタつく足を押さえつけ、舌を出し入れさせるように動かしては顔を双丘に密着させた。

（いま、学年一の美少女の肛門に舌まで入れているんだ！）

そう叫びたい思いだった。

そして舌を蠢かせながら目の前の割れ目を見ると、ようやく彼の唾液ばかりではないぬめりが生まれはじめてきたようだった。

彼は真希の脚を下ろし、再び割れ目内部に舌を挿し入れた。

すると生ぬるい潤いが、はっきりと淡い酸味を混じらせて舌の動きを滑らかにさせてきたではないか。

「やっと濡れてきたよ。自分でわかる？」

藤夫は言い、クチュクチュと音をたてるように舌を蠢かせてぬめりをすすった。

上の歯で包皮を剝き、露出した小粒のクリトリスに吸いつきながら舌で弾くと、

「ああッ……、お願い、やめて……！」

真希は初めての体験なのだろう、身を弓なりに反らせて激しく喘ぎ、彼の両頰を挟む内腿に強い力を込めてきた。

しかし、彼も腰を抱え込んで押さえつけながら執拗にクリトリスを責め、濡れ

た膣口に指を挿し入れていった。

　さすがにきつい前人未踏の穴だが、蜜の潤いに助けられながら指は根元まで入っていった。中は温かく、ペニスを入れたらどんなに気持ちいいだろうと思えるように蠢く襞と締まりのよさを持っていた。

　そのままクリトリスを愛撫し、指を動かしていると、

「あッ……、ああ……、だめ……、あうーッ……！」

　突然激しく腰を上下させ、真希は声を上ずらせ、硬直した。まるでオルガスムスに達してしまったかのようだった。

　だが、実は絶頂ではなく、あまりのことに心身が全ての反応をシャットアウトしてしまった結果なのかもしれなかった。

　そして呼吸まで止まったように全身を凍りつかせ、やがてグッタリと力を抜いて四肢を投げ出してしまった。

「いっちゃったのかな？　気持ちよかったんだね」

　訊いても反応がないので、藤夫はヌルッと指を引き抜き、あらためて彼女のスカートを下ろし、自分もさっさと服を脱いで全裸になってから、彼女のブラウスのボタンを外しはじめていった。

身体を浮かせてブラウスを脱がせ、背中のホックも外して白いブラジャーを取り去ると、たちまち真希も一糸まとわぬ姿になった。

あらためて、実に神聖で清らかな裸体だ——と思った。

乳房も張りがあって形がよく、光沢のある乳輪と乳首は綺麗な薄桃色だった。

真希は思い出したようにときおり肌を震わせるものの、もう顔や股間を隠す余裕もなく横たわっているだけだ。

藤夫も興奮を高めながら、割れ目より上の部分を賞味することにした。

ぴんと張り詰めた下腹に顔を押しつけると、心地よい弾力が伝わってきた。この中に、腸も子宮も膀胱も……とにかく外からは全く見えない内臓があるのだ。

愛らしい縦長の臍を舐め、さらに淡い汗の味のする柔肌を舐め上げていった。

そのまま腕を差し上げると、もともと薄い方なのか腋毛らしいものは生えておらず剃った痕もなかった。しかし、その少女らしい腋に顔を埋めると、そこはじっとりと生温かく湿り、甘ったるい汗の匂いが沁み付いていた。

藤夫は何度も貪るように嗅いで胸を満たし、張りのある初々しい乳房へと移動していった。

# 4

ツンと突き立った乳首を含んで舐め回し、膨らみに押しつけると、顔に心地よいやや硬めの、思春期の弾力が感じられた。

それをチロチロと舌で転がし、もう片方も吸いつくと、

「ああ……」

真希が、徐々に息を吹き返してきたように声を洩らし、ビクリと反応した。

藤夫は両の乳首を充分に味わってから、さらに這い上がって美少女の唇に迫っていった。

ぷっくりした唇がわずかに開くと、まさしく美少女らしい白く滑らかな歯並びが覗き、横の方に八重歯も見えていた。

鼻を押しつけて嗅ぐと、乾いた唾液の香りに混じり、実に可愛らしく甘酸っぱい匂いが伝わってきた。

(これが真希の口の匂いなんだ……)

藤夫はその匂いに陶然となり、激しく勃起したペニスを震わせながら何度も深

呼吸し、その果実臭で胸を満たした。

そのままファーストキスを奪うと、ピッタリと唇を重ね、感触を味わってから舌を挿し入れていく。

滑らかな歯並びを舐め、引き締まったピンクの歯茎も舌先で執拗に探ると、

「あ……」

真希が小さく声を洩らし、息苦しくなったのか、前歯を開いた。

ここぞとばかりに舌を侵入させ、生温かな唾液に濡れた舌を探ると、心地よく滑らかな感触が伝わってきた。

舌をからめると、笑窪の浮かぶ頬の産毛が水蜜桃のようだった。

真希の舌もクチュッと蠢いてくるので、藤夫は舌を這わせてそれを心ゆくまで味わった。

さらに乳首を指で弄《もてあそ》ぶと、

「ああっ……」

彼女がさらに口を開き、熱い喘ぎを洩らした。

口の中は、さらに甘酸っぱい芳香が濃く籠もり、胸いっぱいに嗅いだ刺激だけで一瞬、危うく果てそうになってしまった。

「イチゴとリンゴをミックスしたみたいな匂いだ……」

実際にはそんなものなど食べておらず、さまざまなものが混ざった匂いなのだろうが、美少女の口から洩れれば、それは心酔わす甘酸っぱい芳香になってしまうのだ。

充分に嗅いでから身を起こすと、彼は股間を突き出し、ペニスの幹に指を添えて先端を下に向かせた。

「舌を出してみて」

真希も意外に素直に舌を出してくれた。

藤夫は先端をその舌につけ、尿道口から滲む自身の粘液を擦りつけた。そして股間に熱い息を感じながら、亀頭を真希の口に潜り込ませていった。

「しゃぶって。歯を当てないようにね」

言いながら喉の奥まで押し込むと、

「く……」

真希は眉をしかめて呻いた。

当然、初めての経験に違いない。薄目を開け、男のものをくわえさせられている現実を目の当たりにしたとき、おぞましさに彼女の息が弾んだのがわかった。

それでも恐いのか言いなりのまま、おずおずと舌を蠢かせていた。

「ああ、いい気持ちだ……。もっと強く吸って、激しく動かしてみて」

注文をつけると、真希も精一杯笑窪の浮かぶ頬をすぼめて吸い、内部でもクチュクチュと舌をからめてきた。

彼自身は生温かく清らかな唾液にまみれながら、絶頂が近づいていた。

ただ、飲ませるのもいいが、まずは一つになって思いを遂げたかった。

そこで藤夫はまずペニスを口から引き抜いて移動し、再び大股開きにさせた。

そして唾液に濡れた先端を割れ目に押しつけた。

まださっきの名残りで、割れ目は充分すぎるほどの潤いを残していた。

真希の方もまだ朦朧としており、本格的に処女を失うリアルな危機感は抱いていないようだった。

位置を定め、藤夫は迷うことなく先端を膣口に潜り込ませていった。志織の時のことを必死で思い出しながら当たりをつけたのだ。

張りつめた亀頭が潜り込み、処女膣が丸く押し広がる感触が伝わると、そのまま藤夫はヌルヌルッと一気に根元まで貫いた。

「あう……！」

真希は奥歯を噛み締めて呻き、柔肌を強ばらせた。ようやくされていることを悟ったようだった。

「ああ、気持ちいいよ、すごく……」

肉襞の摩擦のなかで股間を密着させ、藤夫は熱いほどの温もりと締まりのよさを感じ、身を重ねながら言った。

しかし真希の方は破瓜の痛みに呼吸さえままならず、ただ唇を引き結んで堪えるばかりだった。

このときの藤夫は万能感に溢れていた。

自身の欲望を実行すると決意した二日間で、憧れの美人教師と美少女の両方を攻略したのである。

彼は真希の肩に腕を回して抱きすくめ、彼女の肌の温もりを味わった。股間を押しつけると、コリコリする恥骨の膨らみまで伝わってきた。

処女の真希が、挿入で最初から快感を得るはずもなく、早く終えてほしいと考えているだろう。彼なりの気遣いのなか、すぐにも腰を突き動かしはじめた。

「う……！」

ペニスを引いてズンと突き入れると、真希が顔を仰け反らせて呻いた。

それを徐々にリズミカルにさせていくと、藤夫もきつい処女膣の摩擦快感で急激に高まってきた。

同時に上からピッタリと唇を重ね、舌を挿し入れた。

真希も噛み締めていた歯を開き、彼はそこから舌を潜り込ませてからみつかせた。

何をしても、今の真希は全神経が股間に集中しており、他のことは逆に気にならないようだった。

藤夫は生温かな唾液に濡れた舌を舐め回し、甘酸っぱい果実臭の息を嗅ぎながら動きを速めていった。次第に彼女も痛みが麻痺してきたのか、律動が滑らかになった。

さらに藤夫は唇を離し、美少女の顔に顔を擦りつけるように押しつけながら、股間をぶつけるように突き動かした。

「い、いく……！」

短い間に、藤夫は大きなオルガスムスの快感に全身を包まれ、ありったけの熱い体液をドクンドクンと勢いよく噴出してしまった。

一方、真希は内部に噴出を感じる余裕もなく、嵐の中でじっと奥歯を噛み締めるかのように、じっとしていた。

藤夫は、すっかり満足しながら徐々に動きを弱めていった。

(とうとうこの子も思い通りにしてしまった……)

感激に酔った。もちろん志織の時と同じく後悔などない。

やがて藤夫は完全に動きを止め、きつく締まる内部でヒクヒクと幹を震わせて、真希の甘酸っぱい息を間近に嗅ぎながら、快感の余韻を味わったのだった。

そのうち呼吸を整え、彼は失神したように身を投げ出している真希の上で身を起こし、ゆっくり股間を離していった。

ティッシュでペニスを拭おうとすると、ザーメンと愛液に混じり、出血があったのに気づいた。

割れ目を見てみると、小ぶりの陰唇が痛々しくめくれ、膣口から逆流するザーメンにも鮮血が混じっているのがわかった。

藤夫は優しくそこを拭ってやってから、またDVDカメラを手にし、処女を失ったばかりの割れ目と、放心している真希の表情をそれぞれアップで撮った。

しかし彼女は目を閉じて荒い呼吸を繰り返していて、撮られていることにも気づいていないようだった。

# 5

「まだ痛むかも知れないけど、少しは落ち着いたよね」

バスルームで、藤夫は彼女と自分の全身を洗いながら真希に言った。

彼女はすっかり弱々しく、まるで羽根をもがれた蝶のようなので、もう首輪も必要ないだろうと思い、外してやることにした。

そのうちようやく生気を取り戻してきたようだ。

さすがに高校を卒業しているのだから、セックスがどんなもので初めての時が痛いことぐらいは知識として知っているだろう。

「なぜ私を……」

うなだれながら、真希が責めるように問いかけた。

「それはもちろん、この世で一番好きだったからだよ」

「そう……」

彼女も小さく頷いた。それがどういう気持ちを表しているのかは藤夫にはわからなかった。

「だから思いを遂げて満足している。これで君が仮に僕を訴えて、刑務所に入ったって後悔はしないよ」

少々大げさに言ってみたが、それで多少なりとも納得したのか、また無言で頷いた。

単にセックスへの好奇心とかではなく、本当に好きだったというのが効いたのだろうか。

在学中は真希も、藤夫が成績優秀な点では尊敬の念も抱いていたに違いない。しかし、いつの間にか新たな欲望が藤夫の下半身に芽生えていた。

「ここに立って」

彼は言い、志織にもさせたのと同じことを要求し、自分は座ったまま目の前に真希を立たせた。

「もっと脚を開いて、自分の指で割れ目を広げて、おしっこを出してみて」

「え!?　おし……!?　い、いやよ……、いや!　そんなこと絶対に無理だわ……」

「してくれれば、もうすぐ解放するんだけどね。それにずっとトイレに行っててないみたいだし、そろそろしないとまずいんじゃない」

「解放」が効いたのか、真希も嫌々ながら股を開いて立ち、自ら両の人差し指を割れ目に当てて陰唇を広げた。

藤夫は腰を抱えて顔を寄せ、濡れた恥毛に鼻を埋めてみた。しかし、もう匂いも薄れ、舌を這わせても愛液はあまり溢れてこなかった。

それでもクリトリスを舐めてやると、

「ああ……」

真希が小さく声を洩らし、ガクガクと膝を震わせた。

「ほら、出すんだ」

舐めながら強めに言うと、両手で藤夫の頭を抱え込んできた。

柔肉の蠢きが舌に伝わり、急に温もりが増してきた。

「あう……、出ちゃう……」

いくらも待たないうちに真希が声を洩らし、放尿を開始した。

何も考えなくても、温かな流れを口に受け、藤夫は夢中で飲み込んでいた。

志織よりも味と匂いがやや濃い感じがした。しかし、何しろクラス一の美少女から出たものなのだ。

「ああ……、こんなこと……」

真希が苦しげに呟いた。

勢いが増すと口から溢れ、胸と腹を温かく濡らしながらペニスを浸した。同時に悩ましい匂いが立ち昇ってくる。

やがて流れが弱まり、真希の下腹がプルンと震えた。

「も、もう……」

クリトリスを舐めると真希がビクッと反応して言い、そのまま彼の前に座り込んできた。

彼女を抱きすくめると、藤夫はまた口に鼻を押しつけるように甘酸っぱい息を嗅いだ。

「嚙んでみて」

頰を当てて言うと、真希も口を開き、八重歯のある可愛い前歯で軽く嚙んできた。

「じゃあこっちも」

言いながら反対側の頰を押しつけ、さらに耳も当てると、彼女は順々にキュッキュッと甘く歯を立て、藤夫は予想していた以上の快感に酔いしれていた。

「ここも」

伸び上がるようにして胸を突き出すと、真希は彼の乳首まで噛み、熱い息で肌をくすぐった。

「もっと強くてもいい……、ああ、気持ちいいな……」

言いながら、藤夫はどんどん勃起してきた。

彼女を床に座らせたまま、藤夫は身を起こして背を向け、バスタブのふちに手を突いて尻を突き出した。

「ほら、指で広げて僕の肛門を舐めて。大丈夫だよ、きれいに洗ったからね」

せがむと真希もあきらめてきたか、言われるまま両の親指でグイッと谷間を広げ、ぺろぺろと藤夫の肛門を舐めてくれた。

「ああ、いい……。中にも入れてみて……」

むずがゆい快感に喘ぐと、真希は尖らせた舌先をヌルッと押し込んできた。

「く……」

志織とは異なる、やや硬い舌の感触を味わいながら、藤夫は呻いた。

やがて身を起こして向き直ると、バスタブのふちに腰を下ろし、座っている真希の顔の前で股を開いた。

「今度はここを」

この舌で、やはり舐めさせたかった。

陰嚢を指すと、真希は従順に顔を押しつけて舌を伸ばし、袋全体をヌラヌラと舐め回してくれた。二つの睾丸を転がされ、生温かな唾液にまみれると、さらに藤夫は幹に指を添えて先端を鼻先に突きつけた。

真希は舌を伸ばして尿道口を舐め回し、そのまますっぽりと呑み込んでくれた。

「ああ……、いきそうだ……」

根元まで温かく濡れた口に含まれ、藤夫は幹を震わせて喘いだ。

そして彼女の頭に両手をかけ、小刻みに前後させ、清らかな唇で摩擦してもらった。

「んんっ……」

喉の奥を突かれるたび、真希が眉をひそめて呻く。それでも頬をすぼめて吸いつき、舌をからみつかせてくれた。

だんだんと彼は高まってきたが、今度は口に飛び込むところを見てみたくなり、いったんペニスを引き抜いた。そして唾液に濡れ光る幹を握り、彼女の顔の前で自分でリズミカルにしごいたのである。

「ううっ……、口を開けて、大きく……」

左手で長い髪を摑んで引き寄せると、真希も大きく口を開けた。

「いく……、ああッ……！」

たちまち快感に貫かれ、彼は熱く喘いだ。

同時に熱い大量のザーメンがピュッピュッと勢いよくほとばしり、真希の口に飛び込んでいった。さらに唇の端も濡らし、第二撃三撃が愛らしい鼻筋や瞼、あの笑窪の浮かぶ頰にも容赦なく飛び散った。

「あ……」

真希が顔を歪めて声を洩らした。白濁した粘液が唇や頰を濡らし、顎から糸を引いて滴った。

まさに美少女の美の中心を、欲望の汁で汚したのだ。

「舌を出してごらん……」

下降線をたどりはじめた快感を惜しむように言い、藤夫は伸ばされた舌先に先端を擦りつけ、最後の一滴まで絞り尽くした。

ようやく彼女の髪とペニスから両手を離すと、藤夫は荒い呼吸を繰り返しながら、彼女の顔を濡らしたザーメンを指で集めて口に入れた。

「飲んで……」

美しいものを汚す快感にとり憑《つ》かれていた。

無表情のまま、真希は、口に溜まった樹液を嚥下《えんげ》。

「よし。もう洗っていいよ」

肌を密着させて床に座りながら言うと、真希もシャワーのノズルを持って、顔を洗い、そのまま湯を口に含んでゆすいだ。

藤夫は彼女を抱きしめ、

「ああ、可愛いな。もう真希ちゃんの何もかも全て知ってしまった。だからこれからは恋人なんだよ」

囁いてみたものの、真希は何も答えず、俯いて視線も合わせなかった。

しかし唇を重ねて舌を絡めながら股間に指を這わせ、指の腹でクリトリスを探ると、

「ん……！」

真希は熱く鼻を鳴らし、そのまま彼に寄りかかってきた。そして驚くほど大量の、生温かな愛液を漏らしてきたのである。

藤夫は心を歓喜で満たされつつ、愛液のついた指でクリトリスをいじり続けた。

「あ、だめ……！」

口を離して言うと同時に、真希はぶるぶると痙攣を開始したのだった。

いつの間にかクリトリスがすっかり過敏になり、すぐにもオルガスムスを得られるようになってしまったようだった。

こんな美しい子でもこうやって性的に花開くものなのか——。

藤夫は、唾液の糸を引く美少女の唇を舐めながら、彼女がぐったりするまで愛撫を続けた。

# 第三章　母乳の雫

## 1

「久しぶりやね。大きくなったわあ」

そう笑顔で言いながら、藤夫の部屋に上がり込んできたのは桜子《さくらこ》だ。

鈴原《すずはら》桜子は二十五歳の若妻。藤夫の従姉、彼の母の姉の子なのである。

ショートカットのいわゆる美形に属し、ほっそり見えるものの胸と尻は艶めかしい丸みを帯びていた。

最後に会ったのが、二年前の正月だったか。

藤夫の父親は婿養子で、母の郷里は淡路島である。桜子は淡路島から来たのだった。

彼も、幼い頃に何度か行ったことはあった。

「メールにあったけど、東京に住むんですか？」

お茶を淹れながら藤夫は、言った。

「そうなの、うちの人が東京に転勤になって。まあ彼の実家が都内やから、赤ん坊は預けられて便利やし、初めて島を出て暮らすので少し楽しみなんよ」

今日も一歳になる赤ん坊を実家に預け、ここへ来たらしい。

「叔母さんにも会いたかったんやけど、もうアメリカなのね」

「ええ、僕も夏には行きます」

「そう……」

茶を淹れ、がらんとしたリビングに残ったソファに並んで座った。

「実はいろいろと話したいことがあってね」

桜子が茶をすすり、改まった口調で言った。

「はい、何か？」

「藤夫くん、十八歳の誕生日を迎えたでしょう。何か変わったこと、あった？」

「え……？」

思わず顔を上げると、桜子も真剣な表情でじっと彼を見つめていた。

藤夫は身内とはいえ美しい女性と二人きりでいることをあらためて実感して、胸の奥がモヤモヤしてきてしまった。

「うちの血筋は、今は完全に女系でしょう。でも昔は男が生まれると、村ではある役割をさせられていたらしいのよ」

「ある役割って、安本家の男が？」

「そう。村で取り決められた暗黙の役割。それはマグワイビトと言って、男の少ない村の女たちを慰める役目の人」

「マグワイビト……」

初めて聞く言葉だ。だが、妖しそうな話になる気配に、彼は桜子の存在を意識しながら、少しずつ興奮していた。

「ただでさえ男の少ない村で、しかも漁に出た男が帰らなかったりして後家さんも増える。それをひっそり慰めたり、跡継ぎを作る。うちの家系の男子は、満十八歳になると激しい欲望が抑えられなくなって、女の方もセックスされたい気持ちになってしまうって聞いたけど」

「そ、そうなの……？」

「うちの家系の男子」とはまさしく藤夫のことではないか。

「うちは母からさんざん聞かされてたんやけど、叔母さんは気にもしていなかったの」

桜子は言い、また茶を飲んで唇を湿らせた。

「ね、淡路島って、琵琶湖と同じ形でしょう」

「そ、そうだったかな」

さっきの言葉が気になってしょうがない。

「ええ、ジグソーパズルだったら、重ねればピッタリ合うんよ。だから淡路島と琵琶湖は、陰と陽の勾玉《まがたま》と言われているの。まさに、エッチを表していると思わへん？」

「じゃ安本って名前は、一本のペニスが多くの女を安心させるとか安産させるとか？」

「そうかもしれへんね……。それで、十八になって何か変化はあった？」

桜子がしつこく訊いてくる。

長く東京にいた藤夫の母親とは違い、今までずっと地方にいた桜子は、血に潜む能力の話をかなり信じているようだった。

「確かに、性欲は強い方だと思うけれど……」

「オナニーもたくさんする？」

桜子がストレートに訊いてきた。あけすけな性格で、羞恥心よりも好奇心の方が勝っているだろう。

「日に三回ぐらい、のときも……」

「じゃ年に千回、ほんまのせんずりやわぁ……。で、エッチの実体験はすんだ？」

「ま、まだだけど……」

藤夫は嘘をついた。ここは、体験していると言うよりこう答えた方がいいことがありそうな予感がしたからだ。それに、高校の担任だった教師を縛って犯したなどとは言えない。

「じゃ、知りたい？」

「ええ……」

「私が教えてもええ？　藤夫くんと話してるうちになんかすっごく興奮してきたわ」

桜子が、横からにじり寄ってきた。

「教えてください……」

藤夫も、急激に勃起しながら言った。

思わず彼女の方に寄りかかって顔を上げると、桜子も顔を寄せ、ピッタリと唇を重ねてきた。

唾液に濡れた柔らかな唇が密着し、さっそく彼女の舌がヌルッと潜り込んできた。藤夫も応えるように舌を絡め、生温かな唾液の潤いを味わって、桜子の濃厚な甘い体臭に包まれた。

熱くて湿り気のある吐息は、志織に似た甘い花粉臭だが、そこにガーリックあるいはオニオン系の別の匂いも交じっているようで、かえって興奮が高まった。

美しい顔とのギャップのある匂いの方が刺激剤になることに気づいた。だから志織や真希の場合も不意打ちがよく、あらかじめセックスを前提にケアされてしまったら興奮も半減してしまうのだ。

「んん……」

桜子も興奮しているのか鼻を鳴らし、執拗に舌を蠢かせ、彼の髪を掻きむしるように指で強く撫で回した。

藤夫は滑らかに蠢く舌を味わいながらトロリとした唾液をすすった。さらに滑らかな歯並びや歯茎も舐め回し、すっかり酔いしれてしまった。

そう、本来なら志織に行なったような暴虐レイプではなく、こうして年上女性から手ほどきを受けるのが、一番正しい童貞の捨て方だったのだと今さらながら思い、藤夫は一瞬だが無垢に戻った気持ちになった。

ようやく、ピチャッと湿った音を立てて桜子が唇を離し、溜息をついた。

「アア、可愛いわ……。あ、いけない。お昼にパスタ食べたんやったわ。ね、歯ブラシとシャワー借りるわね」

いきなり桜子が口を押さえて言った。

「ごめんなさい。お風呂のガスがこわれてて……修理は頼んだんだけど」

「そうなの？　困ったわ。お風呂もゆうべきりなんよ」

腰を浮かそうとする桜子の手を引き、藤夫は強引に彼女を寝室の方へと連れて行った。

彼女も、ついてきてくれた。

もちろんロープや手錠などはいったん片付けてあった。

彼女も、さっぱりとした表情のなかに相当に淫らな気持ちを秘めていることがうかがえた。

それは、十八歳になって現実にマグワイビトの能力を開花させた藤夫の影響なのか、それとも出産以来夫婦生活が遠ざかって飢えているのか、あるいは最初から彼女が多情なたちなのか、それはわからないが、黙っていても互いの求める気持ちが伝わり合うようだった。

志織も真希も無理やりだったから、合意の上で始めるというのは実に新鮮な感覚であった。

藤夫は全裸になって先にベッドに横たわっていた。

桜子の興奮が高まっているので、特に無垢であるような演技も必要なさそうである。

たちまちブラジャーとショーツ姿になった桜子は、先にショーツを脱いでベッドの端に座ってから、背中のホックを外してブラを取り去った。

すると、ブラの内側にパッドがあり、さらに甘い匂いが漂ってきた。

(そうか、母乳の匂いだったのか……)

藤夫はさらに期待を高まらせた。

やがて彼と同じく全裸になった桜子が向き直り、添い寝してきた。

濃く色づいた乳輪は大きく、膨らみも志織より豊かだった。

「なんか、身内同士って、近親相姦みたいでドキドキする……」

桜子が息を弾ませて囁き、そっとペニスに指を添わせ、そちらへと視線を這わせていった。

2

「おっきい……、先っぽが濡れてるわ。えっ、すぐいきそうなの……？」

やんわりと幹を握って、桜子は張り詰めた先端と藤夫の顔を交互に見ながら言った。

「ええ……、いきそう……」

「じゃ、最初はお口で吸い出したげるわ。そのあと、ゆっくりと……」

桜子は、彼の股間へと顔を移動させていった。

そして藤夫を大股開きにさせて腹這いになり、顔を寄せて股間に熱い息を吹きかけてきた。

舌を伸ばし、陰嚢をチロチロと舐めて睾丸を探ってから舌先で裏筋を舐め上げる。

「ああ……、気持ちいい……」

滑らかな舌先がペニスの先端に達すると、藤夫は腰をよじって喘いだ。

桜子は舌を這わせ、尿道口から滲む粘液を舐め取りながら、ちらちらと彼の反応に目を遣っている。

張りつめた亀頭を含むと、そのまま喉の奥まで呑み込んで、頬をすぼめて吸いついた。

「アア……」

藤夫はその絶妙なタイミングに喘ぎ、美しい従姉の口の中でヒクヒクと幹を震わせた。

生温かく濡れた口の中ではクチュクチュと舌が蠢き、唇が丸く幹の付け根を締め付けた。

藤夫が高まりながらズンズンと小刻みに股間を突き上げると、桜子も顔を上下させ、スポスポと激しく摩擦を繰り返してくれた。

やはり志織や真希のように嫌々するのと違い、美女の積極的で淫らな貪欲さが一気に興奮と快感を高めていった。

「い、いっちゃう……、ああっ……！」

藤夫は急激に高まり、そのまま大きな快感に貫かれて喘いだ。

同時に、ありったけの熱いザーメンがドクンドクンと勢いよくほとばしり、彼女の喉の奥を直撃した。

「く……」

桜子も噴出を受け止めて小さく呻き、それだけでなくさらにチューッと吸い出してくれたのだった。

「あうう……」

バキュームフェラの、自分の射精というより彼女の意思で吸い取られるような感覚に、彼は呻いた。それは魂まで抜かれそうな快感で、まるで精液が一本の長い素麵のようにツルツルッと吸い取られるようだった。

全て出し切ると藤夫はそのままグッタリし、桜子も吸引と舌の蠢きを止め、亀頭を含んだまま一息で飲み込んだ。

ゴクリと喉が鳴ると、口の中がキュッと締め付けられてそれが駄目押しの快感につながった。

ようやく桜子は口を離し、なおも尿道口を舐め回した。

「く……、も、もう……」

「そう、いくとくすぐったいんよね。それにしても……濃くて多かったわ」

桜子も舌を引っ込めて言い、再び添い寝してきた。

藤夫は腕枕の形のまま、甘ったるい濃厚な体臭のなかで荒い呼吸を繰り返し、余韻を味わった。

「いいわ、少し休んだら私を好きなようにして……」

桜子が言い、優しく胸に抱いてくれた。

ふと目に入ってきたものを見て、藤夫は艶めかしさにドキリとした。

何と彼女の腋の下には柔らかそうな腋毛が色っぽく煙っていた。志織は剃っていたし、真希は薄いのかほとんどなかったのだ。

しかも色づいた乳首にはぽつんと母乳の雫が浮かんでいたのである。

藤夫は、まず彼女の腋の下に顔を埋め込み、恥毛に似た感触の腋毛に鼻を擦りつけ味わった。

毛の肌ざわりと汗の匂いが悩ましく鼻腔を刺激し、胸に広がっていった。

「あん……、汗臭いやろ……」

桜子は鼻にかかった甘い声で喘ぎ、さらにきつく抱きすくめた。

藤夫は美女の体臭で胸を満たしてから、乳房に移動していった。

軽く乳首を含んで吸い付き、生ぬるい母乳を舐めたが、特に味はしない。

さらに子どもになったような気分で吸い方を工夫しながら舌を這わせると、次第に新たな母乳が分泌され、うす甘い味が感じられるようになってきた。

「飲んでくれるの……？」

桜子が言い、自ら張りのある膨らみを揉みしだいてくれた。

途端に出がよくなり、藤夫は桜子から分泌される母乳で舌を濡らし、うっとりとしながら喉を潤した。

彼女が仰向けの受け身体勢になったので彼はのしかかり、もう片方の乳首も含んで吸い、新鮮な母乳を吸い出して飲み込んだ。

「ああ……」

桜子は身悶えながら喘いだ。

藤夫は滑らかな肌を舐め下り、色づいた臍も舐め、張りのある下腹から腰、むっちりとして張りのある太腿まで舌でたどっていった。

脛はまばらに体毛があり、これも野性的な魅力に感じられた。腋の未処理といい、最近夫と何も性交渉がないということかもしれない。

さらに足首を摑んで浮かせ、足裏を舐めた。指の股に鼻を割り込ませて匂いを嗅ぐと、桜子の言葉通り、汗と脂に湿った匂いが濃厚に籠もっていた。

彼は爪先をしゃぶって生ぬるい湿り気を舐め取り、もう片方の足も味と匂いを貪ってしまった。

「ああ……、汚いのに……」

桜子が腰をくねらせながら喘ぎ、藤夫は彼女をうつ伏せにさせることにした。

踵には、靴擦れの痕があった。

それを癒やすように舌を這わせ、アキレス腱から脹《ふく》ら脛《はぎ》をたどり、ひかがみから太腿まで舐め上げていった。

そして白く豊かな尻に迫り、丸い表面を舐めてから、両の親指で一気に谷間を広げた。

すると出産のせいなのか定かではないが、薄桃色の肛門がぷっくりと椿の花びらのように色づいて盛り上がっていた。それは何とも艶めかしい形だった。

蕾のような襞ではなく、小さな乳頭状の突起が上下左右に四弁あり、鼻を押しつけて嗅ぐと汗の匂いに混じって、独特の匂いも感じられた。

藤夫は桜子の恥ずかしい匂いを貪るように嗅いでから、舌を這わせて唾液で濡らした。

そのままヌルッと潜り込ませて粘膜を舐めると、やはり薄甘いような味があり、彼は内部で舌を蠢かせてみた。

「く……、そこは嫌……」

桜子が顔を伏せて言い、豊満な尻を悶えさせた。

しかし、藤夫は満足するまで味わってから舌を引き抜き、顔を離して再び彼女を仰向けにさせた。

股を開かせると、すでに割れ目は白っぽい愛液にまみれており、彼の顔に熱気が伝わってきた。

「ああ……、洗ってないのに、恥ずかしい……」

桜子がヒクヒクと興奮で下腹を波打たせた。

ふっくらした丘には黒々と艶のある恥毛が密集し、指を当てて陰唇を広げるとヌメヌメと潤う柔肉が息づいていた。

膣口の襞も母乳に似た白濁の粘液に濡れ、真珠のように光沢あるクリトリスは志織より大きく、亀頭型で小指の先ほどもあって突き立っていた。

柔らかな茂みに鼻を擦りつけて嗅ぐと、汗よりも残尿臭の方がよけいに濃く感じられた。

「いい匂いだよ……」

「う、嘘……あう！」

舌を這わせると、桜子が呻いてビクッと内腿を締めつけてきた。

藤夫は舌を挿し入れて膣口の襞を掻き回し、ネットリとした淡い酸味の潤いを貪って、そのままクリトリスまで舐め上げていった。

「ああっ……、でも……い、いい気持ちや……」

桜子は彼の両頬を挟む内腿にキュッキュッとさらに力を入れてきた。

豊かな腰を抱えながら愛液をすすり、藤夫も突き立ったクリトリスに吸いついた。

「い、いきそう……、もうやめて……」

桜子が絶頂を迫らせて言い、しきりに脚を閉じようとした。

やはり舌でいくことより、藤夫の童貞を奪うのが先決なのだろう。

彼も桜子の股間から顔を引き離し、添い寝して仰向けになった。

「上から入れてみて……」

桜子も息を弾ませながらすぐに身を起こし、すっかり回復している藤夫のペニスに跨がってきた。

そして指を添えて先端を割れ目に押し当て、ゆっくりと膣口に受け入れながら腰を沈み込ませていったのだった。

3

「ああ……、気持ちええわ、奥まで当たるぅ……」

桜子が顔を仰け反らせながら喘ぎ、ヌルヌルッと根元まで入れていった。

さすがに彼女は大胆に、スクワットの体勢でグリグリと割れ目を擦りつけ、腰を上下させはじめた。

そして両膝を突いて身を重ねてきたので藤夫も両手を回して固く抱き留めてやった。

桜子の話ではないが、まるで、淡路島と琵琶湖がピッタリと嵌まり合ったように感じた。

「ああ……、とうとう藤夫くんとしちゃったわ。来るとき、もしかしてと思ってたんやけど、こんなにいいなんて……」

桜子が近々と顔を寄せて囁き、藤夫は濃厚な息の匂いを感じてペニスの幹を震わせた。

「あう、まだ暴れんといて……、すぐいくのはもったいないから……」

彼女はゆっくり味わってでもいるかのように膣を締めつけてきた。

出産を経験したものの締まりはよく、溢れる愛液が生温かく藤夫の陰嚢を濡らし、肛門の方にまで伝ってきた。

「可愛い、藤夫……」

桜子が感極まったように言い、上から唇を重ねてきた。

藤夫も応えて舌をからめ、美女の唾液と吐息に酔いしれながら内部でペニスを震わせた。

「ね、おっぱいを飲ませて……」

桜子は、自ら乳房を突き出して乳首をつまんで搾り、彼の顔にポタポタと滴らせた。

「ああ……」

舌の上に滴る大粒の雫の他に、霧状になった母乳が藤夫の顔全体を濡らした。

あらかた出尽くすと、今度は乳首から指を離し、再び顔を寄せて藤夫の顔を愛おしむように舐め回してくれた。

「ああ……、気持ちいい……」

藤夫は滑らかに蠢く舌と唾液のぬめりや母乳の匂いに混じり、口から吐き出される生温かな吐息で脳を刺激されながら喘ぎ、ズンズンと股間を突き上げはじめてしまった。

「あう……、いい……」

桜子も呻き、突き上げに合わせて腰を使いはじめた。

いったん動くと、もう互いの動きは止まらなくなり、いつしか激しく股間をぶつけ合うようになっていった。

肌のぶつかる音と、粘膜の擦れ合う音が淫らに響き、大量の愛液で互いの股間がビショビショになった。

「ね、オマ××気持ちいい？」

「オマ××気持ちええわ」

桜子は、ためらわず簡単に言ってのけた。

「オメ×は？」

「あん、そんな嫌らしいこと言うたらあかん……」

「じゃあ、オメ×気持ちいいって言ってみて」

その恥じらう風情が藤夫の興奮をそそった。よく考えれば、関東と羞恥を抱く言葉が異なるのだ。

「だって、こんなに濡れてるのに。ね、本当に小さい声でいいから」

藤夫は執拗にせがみ、彼女の顔を引き寄せ、その唇に耳を押し当てた。

「オ……、オメ×、気持ちええ……、ああっ……！」

桜子はとうとう囁いてくれた。

途端に膣内の収縮が活発になったのがわかり、藤夫も激しく股間を突き上げ続けた。

「い、いっちゃう……、すごい……！」

彼が高まると、先に桜子の方が声を上ずらせて口走り、ガクンガクンと狂おしい痙攣をはじめた。

同時に膣内の収縮も強烈になり、その渦に巻き込まれるように、藤夫も昇り詰めてしまった。

「う……！」

突き上がる大きな快感に呻き、熱い大量の精液を噴出した。

「あう！　熱い、もっと……！」

噴出を感じたのか、さらなる快感を得たように、桜子が声を絞り出して激しく身悶えた。

藤夫も肉襞の摩擦のなか、激しい勢いで注入し、すっかり出し尽くすと突き上げを弱めていった。

「アア……、こんなにええの、初めてやわぁ……」

桜子も肌の強ばりを解き、グッタリと体重を預けながら言い、いつまでもヒクヒクと肌を震わせ、ペニスを締め続けていた。放心したように余韻に包まれ、荒い呼吸を繰り返している。

「さすが、マグワイビト……やわ。初めてなのに、こんなに私を激しくいかせるなんて……」

桜子が息遣いを整えながら言った。

あとで聞くと彼女は、高校時代に一人と付き合い、そして今のご主人と、合計二人の男しか知らなかったらしい。

「これからも都内に住むんやから、アメリカに行くまで何度も何度もさせて……」

「うん……」

藤夫も頷いた。

「顔が、私の唾とお乳でヌルヌルやね。一緒にシャワー浴びよ」

「ええ……」

「あれ？　ガスがこわれてたんとちゃうん？」

彼女はすべてを悟ったかのようにニヤリと笑うと、身を起こし、ゆっくりと離れた。そして藤夫の手を引っ張ってベッドから下ろし、一緒にバスルームに行った。

「もうええやろ。歯ブラシ貸して」

「僕のしかないけれど……」

「終わってから歯磨きするなんてなんか変やな……」

彼女はブラシを使いながら口にし、その間に藤夫は互いの股間をボディソープで洗い、湯で流した。

「ああ……、藤夫はちょっと変態やね……、それとも、これもマグワイビトの特徴なんやろか」

桜子が思い出したように言い、シャワーの湯でブラシを洗った。

「わからないけど。きれいな女性はみないい匂い。ただ濃い方が好き」

「本当、また勃《た》ってきたわ……」

桜子は回復に気づき、ペニスを握ってくれた。

「ね、立って」

「どうするのん……」

彼女は愛撫の手を離し、言われるまま立ち上がった。

「おしっこをかけてほしい」

「えっ……」

桜子が尻込みしたが、藤夫は慣れた手つきで座ったまま彼女の腰を抱え、片方の足をバスタブのふちに乗せさせた。

4

「ああ……、本当に出してええの……？　いっぱい出そうやわ……」

クリトリスに吸い付くと、桜子がガクガクと膝を震わせ、両手で彼の頭に摑まりながら言った。

「うん……」

藤夫も舐めながら答え、愛液をすすった。

「あうっ……、出る……」

たちまち桜子が声を上ずらせ、迫り出すように柔肉が丸みを帯びて盛り上がった。同時に、熱いほどの温もりと味わいの変化が感じられ、ポタポタと黄金色の雫が滴った。

「ああッ……！」

彼女が喘ぐと、チョロチョロとした流れが勢いを増してほとばしり、藤夫の口に注がれてきた。味も匂いも濃い感じだが、それでもこんな美人から出るものなのだから貴重である。彼は喉を潤し、溢れた分を全身に浴びた。

勢いが激しいので、オシッコが尿道口からほとばしるときのシーッという音もはっきり聞き取ることができた。

「あう……、飲んだらあかんよ……」

桜子が呻き、それでも彼の口に放尿して泡立てた。

肌を伝う流れが回復したペニスを温かく浸し、刺激してきた。

やがて激しかった勢いが弱まって流れが治まってくると、また藤夫は滴る雫をすすり、濡れた割れ目の内部を舐め回した。

「ああ……、呆れた子やね……マグワイビトは」

足を下ろした桜子が言い、力尽きたように座り込んできた。

「早く口をすすぎ……」

「いやだ、全部飲まないと」

「変態やね……、でも、こんなことされたの初めて。いやや、また濡れてきたわ……」


ベッドに戻った藤夫が仰向けになると、桜子は彼の股間に屈み込み、ピンピンに勃起しているペニスを自分からしゃぶってくれた。

ねっとりと舌をからめ、顔を上下させて口で摩擦してきた。

さらに彼女はスポンと口を離して身を起こし、後ろに手を付いて足を伸ばしてきた。

そして両足の裏で唾液に濡れたペニスを挟み、クリクリと微妙なタッチで錐揉《きりも》みにしてくれたのである。

男性経験が二人にしては、かなり大胆なことまでやってくれた気がする。これもマグワイビト効果なのか。藤夫は不思議に思った。

「アアッ……」

藤夫は、新鮮な快感に喘ぎ、ペニスに感じる快感そのもの以上に、美女の足裏で揉まれているという状況にぞくぞくした。しかも彼女の脚がカエルのように広がり、割れ目も丸見えになっているのだ。

「気持ちええ？　変わった感じでしょう。じゃこれは？」

充分に足で愛撫してから、今度は屈み込んで胸を突き出し、柔らかな乳房の谷間に挟んでくれた。パイズリだ。

「うわ、気持ちいい……」

藤夫は谷間で幹を震わせながら喘いだ。

「じゃ、今度は私に入れてみて。いろんな体位を覚えたらええよ」

どんどん積極的になっていく桜子。そのまま四つん這いになって、彼の方に尻を突き出してきた。

「まずバックから」

彼女が言い、藤夫も身を起こして膝を突き、股間に迫った。

そして後ろから先端を膣口に押しつけ、ゆっくりと挿入していった。

「ああン……、ええわ……！」

滑るままにと根元まで押し込むと、桜子が白い背中を反らせて喘いだ。

藤夫も肉襞の摩擦と締めつけに包まれながら、力を込めて深く貫いた。

向きが違うだけで、内部の感触も微妙に異なり、新鮮な快感だった。さらに下腹部に当たって弾む尻の丸みも、バックの体位を経験しないと得られない感覚であった。

彼は腰を抱えて腰を前後させ、心地よい摩擦を味わっていた。

溢れ出る愛液が抽送を滑らかにさせ、彼女の内腿に伝い流れはじめた。揺れてぶつかる陰嚢もネットリと生温かく濡れ、彼は腰の動きが止まらなくなってしまった。

背中に覆いかぶさり、両脇から回した手で乳房を摑むと、

「ああっ……！」

桜子も顔を伏せたまま熱く喘ぎ、さらにきつく締め付けてきた。

肌のぶつかる音が部屋中に鳴り響き、それにピチャクチャいう淫らに湿った摩擦音が入り交じった。

「待って、まだいかんといて……」

彼女が言い、藤夫も動きを止めて身を起こし、いったんヌルッと引き抜いた。

すでに二回射精しているから、少々動いても暴発する心配はなかった。

「今度は、こう……、松葉くずしで……」

桜子が横向きになり、上になった脚を真上に持ち上げた。

藤夫も言われるままに股間を寄せ、彼女の下になった脚を跨ぎ、挿入しながら上の脚に両手でしがみついた。

「ああ……、気持ちええわ……」

再び、桜子が色っぽい表情で喘いだ。

藤夫の方も、内腿が交差しているため密着感が高まり、これも新鮮であった。

しかも下の内腿に陰嚢を擦りつけると、自分の内腿には恥毛の柔らかさも伝わってくるのだ。

「最後は正常位で……」

何度か腰を突き動かしたあとで桜子が言い、藤夫も従ってペニスを引き抜いた。

彼女が仰向けになって大股開きになったので、藤夫も愛液にまみれたペニスを根元まで一気に挿入した。

「ああ……！」

桜子がその瞬間を待っていたかのように身を弓なりにして喘ぎ、藤夫が身を重ねると、彼女も両手を回してきつくしがみついてきた。若妻の迫力に圧倒されていた。

藤夫は屈み込み、再び母乳の滲んだ乳首を舌で含んで転がした。もう片方にも吸いついては薄甘い母乳を舐め取り、柔らかな膨らみの感触を味わった。

「ああ……、突いて、強く奥まで……」

桜子が強い口調で言い、待ちきれないようにズンズンと股間を突き上げてきた。どうやら、これが仕上げの体位で、藤夫には彼女もこのままフィニッシュまで突っ走って果てたいように見えた。

藤夫も突き上げに合わせて腰を使い、心地よさに高まっていった。

首筋を舐め上げ、喘ぐ口に鼻を押し込み、乾いた唾液の匂いの交じる甘い息を嗅ぎながら一気に昇り詰めてしまった。

突き上がる大きな絶頂の快感に呻くと、大量の精液を勢いよく柔肉の奥に注入した。

「あう……、い、いく……、ああーッ……！」

同時にオルガスムスのスイッチが入ったように、桜子も同じように身を仰け反らせ、膣内を収縮させせながら悶えた。

その姿を見つめながらさらにダメ押しのように、藤夫は最後の一滴まで出し尽くした。

「あ……！」

桜子は、何度も何度も突き上がる快楽の波にビクッと身を反らせ、喘ぎながら膣内を締めつけてくる。

すっかり満足した藤夫は、徐々に動きを止め、力を抜いて彼女に体重を預けた。

「す、すごいわ……、こんなに何度もいくなんて初めてやわ……マグワイビトはやっぱり違うんやね」

桜子も満足したように声を上ずらせ、息も絶えだえになって言った。そして熟れ肌の緊張を解き、身を投げ出した。

（マグワイビトか……）

藤夫は、桜子が言うように本当に多くの女性たちが本能的に彼を求めるのならば、これからも多くの女体を攻略できるかもしれないと思った。

そして、すでに抱いた志織や真希への執着も残したまま、他の女たちにも目を向けようと決めたのだった……。

# 5

藤夫がスーパーで食材の買い物をし、商店街を抜けて帰途についたときのことだった。

そのとき彼は、見知った顔を見つけたのだ。

「あれ、さとみ先生ですか?」

「まあ、安本くん? 懐かしいわ」

石山《いしやま》さとみも藤夫に気づき、笑顔で答えてくれた。

さとみは二十一歳の女子大生で、昨年の初夏、母校である藤夫の高校に教育実習で半月来ていたのである。

彼女は英語担当で、成績優秀だった藤夫には何かと目をかけてくれ、彼もまた好意を寄せていた。

整った清純派の顔立ちに、ぷっくりした唇が艶めかしく、清楚な服装に不釣り合いなほどの巨乳と尻の豊かさがアンバランスな魅力を醸していた。

確か、彼女もこの辺りに住んでいるはずだったが、街のなかで出会ったのは初めてだ。

「これから僕の家に来ませんか？　クラスのみんなが集まるんです。みんな喜びますよ」

藤夫は咄嗟に言い、と同時に早くもさとみに激しく欲情していた。

「え？　クラスのみんなが？　どうして？」

「僕、もうすぐアメリカに引っ越すんで、お別れ会なんです。今日もその買い出しで」

藤夫がスーパーの袋を指して言うと、さとみはすぐ信用してくれたようだ。それに、短い期間の教え子だからなかなか会うこともむずかしいし、それが一堂に会しているならと気持ちが動いたのだろう。

「アメリカに？　すごいわね」

「はい、もう両親は渡米してます。部屋には何人か集まりはじめているので、もし先生に用事がなければ少しだけでも」

「ええ、本屋に行くだけだったから、じゃ少しだけお邪魔しようかしら」

クラスの連中が揃い、親がいないとなると、気が楽なのだろうか、彼女もその気になったようだ。

「はい、こっちです」

「私も何か買っていこうかしら」

「いいえ、みんなも持ち寄るようですから」

藤夫はそう答え、気が急く思いでさとみをマンションに誘った。まさかこんななりゆきになるなど予想だにしておらず、その割にうまく事を運べたことに満足していた。

エレベーターに乗って五階まで行き、ノブを回すが当然ながら開かない。

「あれ、何やってるんだろう。ゲームでも夢中になってるのかな」

芝居がかった様子でチャイムを鳴らす。当然反応はないので、藤夫は鍵を出してドアを開けた。

「おい、驚くなよ。さとみ先生が来たぞ」

藤夫は奥に声を掛けて上がり込むと、さとみも玄関に入ってきた。

「どこにいるんだ」

藤夫は寝室に行き、

「うわ、せ、先生、大変……」

いきなり迫真の演技で叫んだ。

「どうしたの、安本くん？」

さとみも急いで上がり込み、こちらにやってきた。

そこで藤夫は、これまで同様、彼女の手首にカチリと手錠を嵌め、もう片方の輪をベッドの桟に固定したのだった。

「え……、なに、どういうこと……」

さとみが手錠と彼の顔を交互に見て、さらに無人の寝室内を見回した。

「ごめんなさい。最初から誰もいないんです」

「え、どういうこと!?」

さとみが大きな目に怯えを走らせ、声を震わせて言った。一体何が起きているのか――必死で理解しようとしているようだ。

教育実習時代は授業をそつなくこなし、時に凜《りん》としたところも見せたが、所詮はお嬢様の女子大生に過ぎない。恐怖と不安に震えはじめていた。

「なぜこんなことを？　早く外して……」

とにかく藤夫は、携帯などが入っている彼女のバッグを奪ってリビングのソファに置き、いちおう中から携帯を取り出して電源をオフにしてから、あらためて玄関をロックして寝室に戻った。

そして黙々とDVDカメラをセットしてスイッチを入れ、手錠だと手の自由がきかないので、真希にしたように首輪を装着することにした。

「や、止めて、恐いわ。どうする気なの……」

さとみが言い、自由になる方の手で首輪を払いのけた。

「教育実習のときに教わりたかったことがあったんです。僕はまだ童貞だから、セックスを先生に教わりたいんですよ」

「そんな、再会したばかりじゃない……」

「ええ、偶然出会った瞬間に、さとみ先生に童貞を捧げようと決心しました」

藤夫は悠然と言って、首輪を掛けようとした。

「やめて！　人を呼ぶわよ」

「どうせ誰にも聞こえません。それよりおとなしくしないと、電気ショックを与えないといけなくなる……」

そう言って彼はスタンガンを取り出し、さとみの目の前に持っていき、スイッチを入れた。二本の電極の間に、パチッと音がして火花が散ると、

「ひい……！」

さとみは息を呑んで震え上がり、もうそれだけで充分な効果があった。

あとはすんなり首輪を掛け、長い鎖の先をベッドの脚に固定して錠を掛けると、あらためて手錠を外してやった。

「いろいろ質問していいでしょうか。まず、先生は何人の男を知っているの？　正直に答えないと……わかってるよね」

藤夫が服を脱ぎながら言うと、さとみはベッドの片隅で身を縮めながら震え、恐る恐る彼を見た。

「君みたいに優秀な子が、どうしてこんなことを……」

「質問に答えないんですか？」

藤夫が焦れたふりをしてスタンガンに手を伸ばそうとすると、

「い、言うわ。お願い、それだけはやめて……」

さとみは泣き声を上げて哀願した。

藤夫も、あらためて一つ一つ彼女に質問をしていくのだった。

# 第四章　裏返された下着

1

「ひ、一人だけよ……。高校時代の先輩で、去年まで付き合っていたけど、あんまり束縛するので、別れて半年……」

さとみが声を震わせながら言った。

「そうなんだ……すでに高校時代にセックス体験をしていたんだね。残念だなあ。でも、それだけ長く付き合えば、もう膣感覚のオルガスムスも知っているね？」

藤夫は全裸になり、ピンピンに勃起したペニスを突き出しながら訊いたが、彼女はビクリと顔を背けた。ネットなどで聞きかじった言葉を使ってみただけだ。

しかし、ここのところ、女性をたて続けに経験したことで、藤夫にはどこか自信みたいなものがついていた。

「さあ質問に答えて」

「よ、よくわからないわ……、何がそうなのか……」

さとみは小さく答え、恐怖と緊張により甘ったるい匂いが濃く漂ってきた。

「まあ、やってみればわかるだろう。とにかく脱ごう」

藤夫は彼女の両足首を摑んで引っ張り、ベッドに仰向けにさせた。

もう何人も同じことをやっているので、コツのようなものを覚えてしまっていた。先日決意したころから比べると、どこか慣れが生まれていて、それがいいことなのかどうかは藤夫にはわからなかった。

「……、やめて……！」

さとみが声を震わせ、もがく。しかし抵抗は弱々しいものだった。

スカートをめくり上げ、パンストに指を掛けて脱がせていった。

「お尻を上げて。裂くと面倒だから」

作業を続けながら言うと、さとみも息を詰めながらわずかに腰を浮かせた。

パンストが裏返され、脱がされると、中からスベスベの脚が現れた。

両足首からさっと引き抜き、藤夫はいつものようにあたたかい体温を残しているパンストの爪先に鼻を近づけ、その香りを味わった。

さとみはおぞましげにその様子をチラと見ると、そのまま顔を背けた。

そのまま足首を摑んで浮かせ、藤夫はまずは足裏に顔を押しつけた。

藤夫は生れつきの足フェチなどではない。が、ずっと官能小説の文庫に載っているようなことを実現したくてしょうがなくなってしまったのだった。

舌を這わせると、生温かく淡い汗の味がし、縮こまった指の股に強引に鼻を割り込ませると、多分小説に描かれた以上の濃い匂いが沁みついていた。

「ああ、あのさとみ先生の足の匂いか……」

口に出しながら匂いを貪ると、さとみは羞恥に奥歯を噛んだ。

藤夫は鼻を擦りつけて嗅ぎ、爪先にしゃぶりつき、桜色の爪を唾液に濡らして全ての指の間に舌を挿し入れようとした。

「あう……！　やめて……」

そんなことは今までされたことはもちろん、考えたこともないだろう。さとみが声を震わせ、爪先を縮めて舌を挟みつけてきた。

彼はそんなことは構わず貪り尽くし、もう片方の足も味と匂いを堪能し、足首から脛を舐め上げていった。

どこも滑らかな感触で、脛から膝小僧を舐め、ムッチリと張りのある太腿まで這い上がった。

だんだんと、だが積極的にこういう快感を求めはじめている自分が少し恐かった。

とにかく股を開かせ、下着の上から股間の膨らみに鼻を埋める。うっすらと甘酸っぱいような汗の匂いが籠もっていた。

我慢できなくなった藤夫は、ショーツにも指を掛けて脱がせようとした。

「ああ……」

さとみは両手両足は自由なのに抵抗することなく、ただ震えて声を洩らすばかりだった。もともと暴力への免疫もなさそうだし、スタンガンの火花に戦《おのの》いているようだ。

ショーツも両足首から抜き取ると、藤夫はまっ先に裏返った下着を観察してしまった。

これは優等生ならではの、規則正しくやり続ける性格のせいなのかもしれない。うっすらと変色した部分に鼻を埋めると、汗の匂いと多分残尿臭だろう——が沁みついていた。

いつもの〝儀式〟を終え、すぐにショーツを置くと、藤夫は生身の股間に顔を近づけた。

閉じようとする両膝をこじ開けて腹這いになり、割れ目に鼻先を迫らせた途端に温もりが顔を包みこむ。

恥丘の茂みは真希と同じぐらいに淡く、割れ目からはみ出す陰唇が縦長のハート型をしていた。

指を当ててグイッと左右に広げると、

「く……」

さとみが息を詰めて呻き、ビクリと内腿を震わせて羞恥に堪えた。

中はぬるぬる湿ったピンクの柔肉。まだ一人のペニスしか知らないと言っていた膣口がバラの花弁のように襞を入り組ませ、クリトリスも包皮の下から顔を覗かせていた。

藤夫は顔を埋め込み、柔らかな恥毛に鼻を擦りつけて嗅いだ。

「ああ、さとみ先生の恥ずかしい匂いがする」

股間からわざとクンクン鼻を鳴らすと、さとみは体を強ばらせ、腰をよじった。

彼は舌を陰唇の表面から徐々に内側に挿し入れ、息づく膣口をクチュクチュと掻き回してみた。

まだ濡れてはいないが、汗と尿の味がし、そのままクリトリスまで舐め上げていくと、

「ああっ……!」

さとみがビクッと反応し、声を上げながら内腿で彼の顔を挟みつけてきた。

どう考えてもやはり、クリトリスは女性の弱点だった。

藤夫も腰を抱え込み、恥毛に籠もる悩ましい体臭を味わいながら執拗にチロチロとクリトリスを舐めた。

たまに膣口に舌を這わせると、次第にヌラヌラと滑らかになってきたのがわかった。

彼は淡い酸味のする蜜をすすり、上の歯で包皮を剝き、露出したクリトリスを小刻みに吸い上げては、コリコリした感触を楽しみながら、舌先で弾くように舐め続けた。

「ああ……、だめ……、お願い……」

別れて半年なら、開発されたものの眠っていた肉体も目覚めて疼《うず》き、あとは刺

激に正直に反応するばかりだろう。

藤夫は充分に舐めてから彼女の腰を浮かせ、巨大な白桃のような尻の谷間に顔を近づけた。さとみのイメージに似たキュートな薄桃色のすぼまった蕾に鼻を押しつけて嗅ぐと、淡い汗の匂いに混じり、うっすらと乾いた唾液に似たような酸性の香りが艶めかしく漂っていた。

もともと執着性の強い藤夫は、執拗に鼻を埋め込んで嗅いでは、顔で感じる双丘の弾力に陶然となった。

舌先でチロチロとピンクの蕾の襞を舐め回し、時にヌルッと潜り込ませて粘膜を味わうと、

「あう……、いや……!」

さとみが動いて肛門を舌から外した。

締めつけて入れさせまいとするさとみの肛門を舌で押し開いて、奥まで潜らせ、充分に舌を蠢かしてから再び割れ目に戻ってクリトリスに吸い付いた。

そして、あらためてスカートのホックを外して引き脱がせると、ブラウスのボタンも外していった。

半身を起こさせて脱がせ、さらにブラジャーも外して、彼女を一糸まとわぬ姿

にさせ、横たわらせた。

予想以上に豊かな乳房が弾み、たまらなくなった藤夫はのしかかって吸いつき、舌で転がしながらもう片方にも手を這わせた。

実に張りがあって心地よかった。

もう片方の乳首も含んで舐め回し、乳首のコリコリした舌触りや膨らみの柔らかさを味わってから、彼は腋の下へと移動した。

汗で湿った腋に鼻を擦りつける。

さとみはじっと身を強ばらせ、息を殺しているだけだ。

「いい匂い。じゃ今度はさとみ先生にいろいろやってもらおうかな」

藤夫は言って仰向けになり、彼女を上にさせた。

「ここ舐めて」

さとみの顔を抱え、左の乳首に引き寄せて命令すると、そのセミロングの髪が肌を撫でてきた。そして乳首に唇を押しつけると、嫌々という感じで舌を這わせ、熱い息で肌をくすぐってきた。

たっぷりの唾液に濡れた舌先が、チロチロと滑らかに乳首を刺激してくる。

「噛んでみて……」

さとみが白く綺麗な前歯でそっと乳首を挟んできた。

「もっと強く」

せがんでも、彼女は強い力が入れられず、微妙にコリと噛んだだけだった。

それでも甘美な刺激が伝わり、彼は左右とも愛撫してもらい、やがてさとみの顔を下半身へと押しやっていった。

「僕がしたのと同じようにして。まずは足から」

そう指示すると彼女は長い鎖を鳴らしながら移動し、足の方に座った。その鼻先に藤夫は爪先を突き出したのだった。

## 2

「く……」

さとみが恥ずかしさに呻きながら、両手で藤夫の踵を支え、自分がされたのと同じように真似をし、そっと足裏に舌を這わせてから爪先を口に含んでくれた。

「もっと深く。指の間も全部舐めるんだよ」

藤夫は言い、もう片方の足裏でさとみの乳房に触れ、コリコリする乳首で足裏を刺激した。

おもちゃのように扱われて、彼女は屈辱に包まれながらも、結局は言いなりになって爪先にしゃぶりつき、全ての指の股に舌を割り込ませてくれた。

「ああ、いい気持ち……」

藤夫は生温かな唾液にまみれながら、美女の舌をキュッキュッと挟んだ。

そして両足とも隅々までしゃぶらせると、彼は大股開きになって鎖を引っ張った。

さとみも腹這いになって顔を進め、内腿を押しつけると舌を這わせてくれた。

「今度はここ」

藤夫は言って脚を下ろし、陰嚢を指した。

さとみはそのまま玉の入った袋を舐め上げ、股間に息を籠もらせながらヌラヌラと睾丸を転がしてくれた。

「優しく吸うんだ」

言うとさとみは口を開き、そっと吸いついた。

「ここを」

いちいち細かく指示すると、彼女も舌先で肉棒の裏側を舐め上げてきた。

生き物のような滑らかな舌が先端に達すると、

「そこ、先っぽ……」

意外とあっさりとチロチロと粘液の滲む尿道口を舐めてくれた。

「しゃぶって。深く入れて、吸い付きながらベロを動かして」

もう命令し放題である。

藤夫は快感に息を弾ませ、さとみも精一杯喉の奥までスッポリと呑み込み、幹の付け根を口で締め付けて吸いながら、内部でクチュクチュと舌をからめてくれた。

「ああ……、いい……」

藤夫は吸引と舌の蠢きに喘ぎ、生温かな唾液にまみれたペニスを震わせて高まった。さとみも熱い鼻息で恥毛をくすぐり、先端が喉の奥に触れるほど深く含んで愛撫を繰り返してくれた。経験も少ない彼女なのに、これは自分との体の相性がいいのかもしれないと思った。

ズンズンと小刻みに股間を突き上げると、

「ンン……」

喉の奥を刺激されたさとみが呻き、新たな唾液をたっぷり溢れさせて、懸命に舌を動かした。

「いいよ、離しても。そのままこっちへ。跨いで」

藤夫が言って彼女の手を引くと、さとみも口を離し、引っ張られるままノロノロと這い上がって彼の股間に跨がってきた。

「そのまま入れて」

セックスさせられるのは覚悟していたようだが、上からというのには戸惑っていた。ひょっとすると騎乗位は経験がないのかもしれない。

それでもぎこちなく幹に指を添え、唾液に濡れた先端を割れ目に押しつけて位置を定めていく。

藤夫も、ここだと言うように、股間を突き上げると、彼女も意を決したのか、ゆっくりと腰を沈み込ませてきた。張りつめた亀頭が潜り込むと、あとは重みと愛液の助けで滑らかに入っていった。

「アア……！」

藤夫も肉襞の摩擦と温もり、きつい締めつけに包まれながら必死に肛門を締めて暴発を堪えた。

実に素晴らしい感触だ。

教育実習中、多くの男子たちは美しい担任の志織より、綺麗なお嬢様女子大生であるさとみでオナニーしていたはずだ。

その瑞々しい肉体が、いま藤夫のものになったのである。そのうえ、何でも命令し放題だ。

「すごくいいよ、さとみ先生。腰を動かしてみて」

表情をじっくりうかがうことはできないが、さとみはぎこちなく腰を動かし、密着した股間を擦りつけてきた。そのたび、白く引き締まった腹部がうねり、豊かな膨らみが艶めかしく揺れた。

そのうち上体を起こしていられなくなったのか、身を重ねてきた。

藤夫もわずかに両膝を立ててズンズンと突き上げ、果てそうになると動きを弱めて呼吸を整えるようにした。

熱く湿り気ある吐息は甘酸っぱい果実臭が濃厚に含まれていた。

英語の授業で綺麗な発音をする口は、こんなにもいい匂いだったのだ。クラスのみんなに教えてやりたい、と思った。

「ああ、いい匂い……」

藤夫の頭の中に、さとみの足指の匂い、口臭、授業をしていた姿、そこにクリトリスの形状なども混ざってきて一気に興奮が高まった。

やがてフィニッシュを目指して動き、唇を重ねていった。

頭にさまざまな映像を混在させつつ、藤夫はさらに高まろうとする。

「ね、先生、オマ××が気持ちいいって言って」

「え!? い、いやよ……」

下から囁くと、さとみは卑猥な言葉にビクッと反応してかぶりを振った。

「だって、ほら、こんなに濡れているんだから気持ちいいんでしょう、本当は。正直になんなよ」

藤夫は言い、突き上げを強めた。強めただけでなく、少し掻き回してみた。藤夫は嘘を言ったわけではない。クチュクチュと淫らな摩擦音が聞こえ、溢れた愛液が彼の陰嚢まで濡らしはじめていたのだ。

「あう……、き、気持ちいい……」

ついにさとみも快楽を口にした。

「どこが?」

藤夫が彼女の口に耳を押しつけて訊くと、

「オ、オマ××……、あぁッ……!」

「誰の？」

「わたしの……」

「それじゃわからない」

「さとみの、です」

さとみが答え、自分の言葉に激しく喘いだ。

「自分からも腰を動かして」

言いながら突き上げを続けると、次第にさとみも合わせて腰を遣いはじめた。

「ああ、気持ちいい。いく」

突き上がる大きな絶頂の快感に呻き、熱い大量の精液をドクンドクンと勢いよく柔肉の奥にほとばしらせると、

「あっ……！」

さとみも声を上げ、膣内を艶めかしく収縮させた。

藤夫が満足して動きを止めていくと、締まる膣内でヒクヒクと幹が断末魔のように脈打った。

さとみもグッタリと身を重ね、荒い呼吸を繰り返していた。

# 3

「じゃ、先生、最後のお願いをしてもいいかな」

「……」

「おしっこ出る？」

　バスルームで、さとみを目の前に立たせて言った。

　何度も、何人もここで変態チックなことをやったせいか——どうにもバスルームに来ると、それを求めなければ気がすまないようになってしまっていた。

「何を言い出すの、無理よ、出ないわ……」

「ほんの少しでいいから。出して」

　藤夫は言い、これまでと同様に、彼女の片方の足をバスタブのふちに乗せさせて股を開かせた。

　そしてクリトリスに舌を這わせると、また淡い酸味のヌルヌルが滲んできたようだ。

　やはり心はどうあれ、刺激されれば感じやすい部分が反応して否応なく濡れてきてしまうようだった。

「まだ？　出せば家に帰してあげるよ」

それを聞いた彼女も真剣に息を詰め、必死にいきみはじめたようだった。

藤夫はそれを冷ややかな目で見ていた。

「あう……、出ちゃうわ……、ああ……」

とうとうさとみが喘ぎ、他の女性たちと同じく柔肉が迫り出すように盛り上がった。

同時に、チョロチョロと温かな流れが形作られた。

藤夫はそれを手で受けて、アブノーマルな感覚とそのリアルな温かさに興奮した。

やや黄色みがかっているのもわかった。

「ああ……」

彼の目がじっと自分の排泄物を見ているのを知ったさとみは、おぞましさに声を洩らした。

膝もガクガクと震え、それに合わせて流れも途切れ途切れになった。

やがて自棄になったように一瞬勢いが強まったが、それがピークで、あとは放出の勢いも治まっていった。

「も、もうダメ……」

さとみは足を下ろし、力が抜けたのか、そのまま座り込んでしまった。

藤夫は起こして、全身をシャワーで洗い流してやりまたベッドに戻っていったのだった。

「じゃ、最後は口でして」

「さっき、帰してやるって……」

「いや、先生のおしっこ見てたらこんなに勃っちゃったからね、もう一回射精したら本当に自由にしてあげる」

詰《なじ》るような表情のさとみに答え、藤夫はベッドに仰向けになり、彼女を股間に屈ませて顔を跨がせた。

女上位のシックスナインになると、さとみも諦めたように再び先端をしゃぶってくれた。

藤夫も下から彼女の割れ目を舐め、伸び上がって肛門にも舌を這わせた。

しかし、何度見ても、これがあの美人教育実習生さとみの陰部と肛門なのだ——が、ここだけは個人差があまりないように思えた。

そして前も後ろもぬるぬるにすると、人差し指を肛門にヌルッと潜り込ませていった。

「え……！」

亀頭を含みながらさとみが呻き、尻をくねらせながら熱い鼻息で陰嚢をくすぐった。

藤夫はきつく締めつける肛門に潜り込ませた指を小刻みに出し入れさせて粘膜を摩擦し、内部の感触を味わった。さらに親指を膣口にぐっと潜り込ませ、ボーリングの球でも握るように、二本の指で肉をキュッキュッとつまみながらクリトリスを舐めてやった。

「あぁッ……、や、やめて……！」

刺激が強すぎたのだろう、さとみが急に口を引き離して喘いだ。

藤夫は執拗に前後の穴を刺激させ、なおもクリトリスを吸うことで、大量の生温かな愛液をトロトロと湧き出させた。

そしてせがむように股間を突き上げると、さとみも刺激に堪えながら再びペニスを喉の奥まで呑み込み、舌を絡めてくれた。

藤夫も股間を上に向けて力いっぱい突き上げる。

「う……」

深く突き入れるたび、さとみはえずきそうな感じで呻き、生温かな唾液をペニスにまみれさせてきた。

藤夫も高まってくると彼女の前後の穴からヌルッと指を引き抜き、割れ目を舐め回し、愛液をすすりながら突き上げに集中していった。

「い、いく……、全部飲んで……！」

藤夫はオルガスムスの快感に全身を貫かれ、精液を勢いよくさとみの喉の奥にほとばしらせてしまった。

誰と、何度体験しても、そのたびに至福を味わえる瞬間だった。

「ンンッ……！」

喉の奥を直撃され、さとみは噎《む》せそうになって呻いたが、何とか堪えて熱い噴出を受け止めた。そして口に溜まった大量の精液を、意を決して息を詰め、ゴクリと喉に流し込んでくれた。

「あう……、気持ちいい……」

飲み込む瞬間に口の中がキュッときつく締まり、藤夫はさらなる快感を得て呻いた。

ようやく口を離すと、さとみも力尽きたように彼の下腹に頬を当ててハアハアと呼吸を弾ませていた。

彼はさとみの割れ目を見つめながら余韻を味わっていたが、ふと思いついて、呼吸を整えてから身を起こしていった。

ベッドを下り、つけっぱなしだったＤＶＤカメラを手にして、さとみのぬれ光る割れ目や肛門をアップで撮り、さらに彼女の顔にもレンズを向けた。

艶めかしい肉厚の唇が、グロスでも塗ったようにヌメヌメと潤っており、その光景が何とも色っぽかった。

「い、いや……」

さとみは力なく顔を背けて言い、ようやく藤夫も撮るのをやめた。

彼女の首輪も外してやったが、くったりしたままで、わずかに擦れた首筋をさすったまましばし横たわっていた。

それでも暴れなかったので、幸い首筋に痕は残らずに済んだようだ。

「ビデオは……」

さとみが、ようやく顔を上げて恨みがましい口調で言った。

「ああ、何度か会ってもらううちに消すから」

彼が言うと、さとみは何も言わず、あきらめたようにノロノロとベッドを下りると黙々と身繕いした。

そしてバッグを持って出て行ってしまったのだった。

4

書店からの帰り、藤夫は真希の母親、佐貴子《さきこ》をいかにも今、見かけたかのように声を掛けた。

「あ、真希ちゃんのお母さん。僕、高校で一緒だった安本です」

高校時代、授業参観で何度も見て、なんて若くてきれいなんだろうと思って今回もターゲットに入れていたのである。

たしか学生結婚で、二十歳で真希を生んでいるらしいから、まだ三十七、八歳のはずだ。

清楚な美形で巨乳。まさに美熟女の名に相応しい気品ある顔立ちの整い方と、適度なボリュームだった。

「まあ、真希の同級生の方?」

「はい、文芸部で親しくさせていただいてました。あ、荷物お持ちしましょう」

藤夫は文芸部でも何でもなかったのに、少しでも佐貴子を安心させようとし、両手に抱えた重そうなスーパーの袋を持ってやった。とにかく頭にあるのは、いかに彼女をモノにするかだった。

しかし特に嘘などつかなくても、真面目で聡明そうな藤夫の好意を素直に受け入れ、すぐにも荷物を手渡してきた。

「悪いわね。助かるわ」

「いいえ、同じ方向ですから」

藤夫は言い、年上の女性特有の優しさや母性をひしひしと感じながら一緒に歩いた。

実はあれから、何度か真希とメール交換をし、彼女も少しずつだったが返信をくれるようになっていたのだった。

何ごともやってみるものだな、と藤夫は思った。

真希との再会も望んだのだが、今日は文芸部の仲間と女同士で旅行に行くということだった。

「旅行は一緒ではなかったの？」

「とんでもない。女子ばかりで行くというので、仲間には入れてもらえませんでした」

笑顔で答えると、佐貴子も彼に爽やかな好印象を持ったようで自分から話しかけてきた。

「真希とは、お付き合いしていたの?」

「いいえ、本当に単なるクラスメートで、同じクラブだったというだけです」

「そう。じゃまだ真希は誰とも付き合っていないのね。私は早い方だったのに、あの子はなぜか奥手なので心配しているのだけれど」

彼女は真希が高校を出ていつまでもヴァージンであることを心配しているようだった。

「でも真希ちゃんは可愛いから、きっとすぐ彼氏ができますよ」

「あなたは、ええと——」

「安本藤夫です」

「そう、じゃ藤夫くんは真希のことをどう思っているの?」

「それは好きですけど、僕は自信ないし彼女は人気あるから」

藤夫は言いながら、期待と興奮に勃起しはじめていた。彼から見れば志織も大人だったが、やはり佐貴子のように本当に熟れた大人には激しく惹かれるものがあった。

「自信ないなんて、しっかり素敵じゃないの」

「そんなことないです。女性への憧れはあるけれど、まだ何も知らないし」

「そうなの……」

やがて家に着くと、佐貴子がドアを開けて言った。

「ご苦労様。重かったでしょう。中でお茶でもいかが」

「ええ……」

願ってもないことを言われ、藤夫も遠慮がちなふりをして中に入った。思わぬ好展開に藤夫の心は弾んだ。

キッチンまで行って荷物を下ろすと、すぐ佐貴子がお湯を沸かし、買ったものを冷蔵庫へしまった。

そしてキッチンのテーブルで、紅茶を二つ淹れた。

差し向かいに座って飲みながら、藤夫はどのようなきっかけで佐貴子を寝室に連れ込もうか――ばかりを考えていた。しかし初めて入った家だから、寝室の場所もわからず迷いそうだ。

今日は当然ながらロープも手錠も持っていないし、あるのは護身用のスタンガンだけ。

いきなりそれを使うのも気が引けるし、ならば無垢な部分を強調して素直に手ほどきをお願いした方が早いかもしれない。それで断られたらその場合にのみ、強硬手段を取ればいいと判断した。

すると佐貴子の方から口を開いた。

「ね、まだ何も知らないって言っていたけど、本当に誰ともエッチしたことないの？」

「は、はい……」

彼女の方から際どい話を振ってきたので、少々驚きながらも藤夫は答えた。

「でも、興味はあるんでしょう？」

「あ、ありますけど相手がいないし、何も知らないからどうしていいかもわからなくて……」

わざとモジモジしながら言うと、元々大人しげな顔立ちだから、佐貴子も彼を本当に童貞と思い込んでくれたようだ。

「私が教える、というのはどうかしら？」

「え、お母さんが……？」

佐貴子の言葉に、思わず藤夫は顔を上げた。

まさか、憧れの真希の母親が、自分から彼を誘ってくるとは夢にも思わなかったのだ。早婚だっただけに、今は夫との交渉が疎遠になっているのかもしれない。つまり、それだけ欲求が溜まっているということなのだろうか。

それとも、桜子の言っていたマグワイビト効果がここでも出ているのか――。熟女であるほど無意識に熱く彼を求めてくる作用があるのかもしれない。

「私みたいなおばさんが最初では嫌かしら？」

「い、嫌じゃないです。年上の人に教わるのが夢でしたから」

藤夫はすでに勃起しながら答えた。

早まって襲ったりしなくて本当によかったと思った。強引にするより、自分からその気になった方が彼女も燃えることだろう。

もう童貞ではないが、どうやらこれは理想的な童貞の失い方だと思った。もっとも、すでに藤夫は真希の処女を奪っているなどと知ったら、佐貴子はどんな顔をするだろうか。

「じゃ、急いでお風呂を入れるから待っててね」

佐貴子が言い、バスルームへ行って湯を溜めはじめた。

「あ、あの、僕は朝入浴してきたから大丈夫です」

「私は流さないと汗ばんでいるから」

「いえ、とにかく早くお願いします。いつ、誰が訪ねてこないとも限らないでしょう……」

藤夫は縋《すが》るように言い、佐貴子の手を握った。

「寝室はどっちですか」

「そんなに待てないのね。ほんとに汗臭いわよ、構わないの……？」

「はい」

藤夫が懇願すると、佐貴子もその気になったようで、自分から彼の手を引いて寝室に招いてくれた。夫婦の寝室は分厚いカーテンに覆われていたが、彼はさりげなくわずかに開けて薄明るくしておいた。

ベッドが二つ並び、セミダブルの方はカバーが掛けられていた。「夫は出張中なの」

もう一つのシングルが佐貴子のもので、今朝まで使っていた形跡がめくれた布団に残っているのがわかった。

「じゃ、さっそく脱いでね。もちろん全部。私もそうするから」

佐貴子が言い、自分も手早くブラウスのボタンを外しはじめた。

それと同時に寝室内に美熟女の体臭が漂いはじめた。ブラウスの内に籠もっていた新鮮な汗の匂いも加わって悩ましかった。

藤夫も脱ぎはじめたが、初めての体験を装った羞じらいの演技も適度に織り込みながら最後の一枚を取り去り、急いで先にベッドに潜り込んだ。枕にもシーツにも、佐貴子の甘い匂いが残っていた。

佐貴子はブラを外し、ぶるんと揺れて弾むほどの巨乳を露わにし、ためらいなく最後の一枚も脱ぎ去ると、隣に滑り込んできた。

藤夫が甘えるように腕枕してもらうと、彼女もギュッときつく抱きすくめてくれた。

「ああ、可愛いわ……、実は、私、年下の男の子に教えるのが夢だったの……」

佐貴子が、感極まったように囁いた。

話を聞くと、学生時代に今の夫と知り合ったとき、佐貴子は処女だったようで、年上の夫は童貞ではなく、また、それ以後夫以外の男は知らずに生きてきて結婚、夜の夫婦生活がなくなって数年が経っているという。

しかし熟れた肉体の欲望は激しく、若い無垢な男に手ほどきしたい願望を抱きながらオナニーで自分を慰め続けていたようだった。

そんなときに、まさにうってつけの相手が現れたのである。

藤夫も我慢できず、鼻先にある色づいた乳首に吸いついていった。

舌で転がすと、

「ああっ……、いい気持ちよ、もっと吸って……！」

佐貴子はすぐにも激しく喘いで言い、彼の顔を膨らみに抱き寄せた。

藤夫は赤ん坊として抱かれてるような心地よさを味わいながら、執拗に乳首を舐め回し、もう片方にも手を這わせた。

佐貴子も手を重ねて押しつけ、やがて仰向けになっていったので、彼ものしかかるようにして、もう片方の乳首を含んだ。

本人も言っていたように、シャワーも浴びていないから肌からは女性らしい汗の匂いが漂っていた。

藤夫が左右の乳首を代わる代わる吸うと、

「ああ……、藤夫くんの好きなようにしていいのよ……」

早くも佐貴子は朦朧となって言い、少しもじっとしていられないほど、うねうねと熟れ肌を悶えさせていた。

5

藤夫は彼女の腕を差し上げ、腋の下にねらいを定めた。

「く……！」

腋を舐められた佐貴子が、身を強ばらせて小さく呻いた。

夫婦の交渉がなくても、腋毛は処理されておりスベスベだった。やはり女としての現役感に対しての執着なのだろうか。

それでもじっとり湿った腋は、甘い汗の匂いが濃厚に沁みついていた。

「あう……、恥ずかしいわ、そんなに嗅がないで……」

佐貴子は息を震わせて呻いた。

彼は熟れた体臭で胸を満たし、初めて体験するアラフォー女性の滑らかで色白の肌を舐め下りていった。

佐貴子は興奮の極みで、手ほどきといってもただ身を投げ出すだけだ。やはり欲望は絶大でも、自分からあれこれするタイプではないのかも知れない。

だったらここは言われた通り、好きにするべきだ。

少々慣れてはいても、舞い上がっている彼女は藤夫の無垢を疑う余裕もないだろう。

彼はまだ張りを残した腹部に顔を埋めて臍をチョロっと舐め、豊満な腰のラインを舌でたどってからムッチリと量感ある太腿へ降りていった。

脚も適度に肉がついていて艶めかしく、脛も無駄毛は一切なくツルツルだった。ある意味、藤夫の一番好きな体つきだった。

足首まで行くと、彼はいつものクセで足裏に顔を押しつけ、舌を這わせながら指の間に鼻を割り込ませて匂いを嗅いだ。最近はそうしないと気がすまなくなっていた。

汗と脂に湿り、蒸れた匂いが濃く籠もり、彼は美熟女の足の匂いを貪ってから爪先にしゃぶりついていった。

「ああっ……、何をするの、そんなところ……」

指の間に舌を挿し入れると、佐貴子が夢から覚めたように驚いて言った。

「だって、好きなようにしていいと言ったから。僕、女性の体の全部を味わってみたいんです」

藤夫は言いながら、もう片方の足も同様にした。

「ああ……、だめよ、そんなこと……」

こんなことまでされるのは初めてなのだろう、佐貴子が腰をくねらせて喘ぎ、彼の口の中で指を縮めていた。

ようやく味わい尽くすと、脚の内側を舐め上げながら腹這って、両膝の間に顔を割り込ませた。

そして滑らかな内腿を舐めながら、閉じようとする脚を全開にさせ、熱気の籠もる股間に顔を近づけた。

「ああ……、恥ずかしいわ。やっぱりシャワーを……」

佐貴子が声を上ずらせて言った。

洗わないまま〇Kしたのも、彼が舐めたりせず、ただ性急に挿入するだけと思っていたからだろう。いつものように仕向けたのだから。

しかし藤夫は、じっくりと観察をしながら、陰唇をゆっくり指で広げた。

「あう……、み、見ないで……」

触れられた佐貴子がか細く言い、ビクッと内腿を震わせた。

色づいた陰唇の内部は、もう愛液が大洪水になってぬめぬめと潤う柔肉だ。そうなのだ、ここは真希が生まれ出てきた場所なのだ。藤夫は妙な感慨に耽った。膣口も、襞を入り組ませて息づいており、ポツンとした尿道口も確認した。そして包皮の下からは、小指の先ほどもあるクリトリスが真珠色の光沢を放って突き立っていた。

とうとう我慢できず、藤夫は顔を埋め込み、茂みに鼻を擦りつけた。

柔らかな恥毛は実に程よい範囲でふんわりと煙り、心地よい感触だった。隅々には腋に似た甘ったるい汗の匂いが濃く籠もり、ほのかな残尿臭も悩ましかった。

「いい匂い」

彼はまた言いながら、舌を這わせはじめた。

「い、いや、ああッ……、だめ……」

佐貴子は顔を仰け反らせ、羞恥と刺激にクネクネと腰をよじらせ、内腿で彼の顔を挟みつけてきた。

藤夫はトロリとした生ぬるい蜜をすすりながら、膣口の襞を舐め回した。

やはり弱めの酸味を含んで、泉のように溢れる愛液が舌の動きを滑らかにさせていた。

そのままクリトリスまで舐め上げ、チロチロと弾くように刺激すると、

「ああ……、い、いっちゃいそう……！」

佐貴子がすぐにも高まって喘ぎ、ヒクヒクと下腹を波打たせた。

藤夫は彼女の腰を浮かせ、豊かな逆ハート型の尻に顔を迫らせていった。

谷間の奥には、薄茶色の閉じた肛門が、恥じらうように細かな襞を震わせていた。優雅な佐貴子のイメージとのギャップがまた興奮を呼んだ。

鼻を埋め、チロチロと舌を這わせ、ヌルッと潜り込ませて粘膜を味わうと、

「キャッ……、何するの……！」

また佐貴子が驚いたように言って呻き、肛門を締めた。足の指の間と同じく、ここを舐められるのは初めてなのだろう。

藤夫は執拗に舌を蠢かせ、ようやく引き抜いた。

そして左手の人差し指を浅く肛門に潜り込ませ、膣にも右手の二本の指を押し込み、再びクリトリスに吸いついていった。

手触りが異なる内壁を小刻みに擦り、前後の穴を刺激しながらチュッと強くクリトリスに吸いつくと、

「だめ、へんなの……、ああっ……！」

とうとう佐貴子は声を上げるなり、体を震わせた。同時に大量の愛液が潮を噴くように溢れ、それぞれの穴に入った指が痺れるほど一気に締めつけられた。

藤夫は熟女の凄まじさに圧倒されながら、彼女がグッタリとなるまで指を動かし、クリトリスを吸い続けた。

「ああ……、も、もう……」

やがて佐貴子は息も絶えだえになり、四肢を投げ出して放心状態になった。

彼は舌を引っ込め、前後の穴からヌルッと指を引き抜いた。

指の股は膜が張るほどに大量の愛液にまみれていた。

藤夫は、横向きになって身を縮めて喘ぐ彼女に添い寝し、向かい合わせになって再び腕枕をしてもらう形になった。

藤夫は、佐貴子の唇に唇を重ねて舌を挿し入れた。

滑らかな歯並びを舐め、さらに奥へ侵入させると、

「ンン……」

佐貴子が熱く呻き、彼の舌に吸いついてきた。

彼も応える形で舌をからめて生温かな感触を味わい、滑らかに蠢く舌を舐め回した。

そして勃起したペニスを太腿に強く擦りつけると、佐貴子も徐々に気持ちが戻ってきたのか、舌を蠢かせながらそっと指を伸ばし、幹に触れてきた。

藤夫は仰向けになり、熟女のされるがままになっていた。

「だめよ、あんなに恥ずかしいことして……」

佐貴子がとろんとした眼差しで言い、ペニスを弄びながら身を起こしてきた。

「後ろに指を入れられながら、舐められていくなんて初めてだったのよ。嫌な匂いしなかった？」

「しなかったよ。おば様はどこもきれいだから……」

「へんな子ね……、じゃあ今度は私がお返しする番よ……」

佐貴子は羞恥に息を弾ませ、彼の股間へと顔を移動させていった。

藤夫が大股開きになると、彼女は真ん中に腹這い、顔を寄せて熱い息を股間に籠もらせてきた。

「すごく硬く勃っているのね。初々しいわ……」

佐貴子は熱い視線を注ぎながら言い、幹や陰嚢を撫で回し、とうとう先端にしゃぶりついてきた。

亀頭を含み、舌先で尿道口を舐め回したかと思うと、一気に喉の奥まで呑み込んでいった。

「ンン……」

熱く鼻を鳴らしながら吸いつき、中で舌をからみつかせてきた。

藤夫はうっとりと快感を嚙み締め、美熟女の口の中でペニスをヒクヒクと上下させた。佐貴子も上気した表情のまま頰をすぼめて吸いつき、舌を蠢かしながら濡れた口で摩擦した。

「ああ……、気持ちいい……」

彼も充分に高まり、頃合いと見て彼女の手を握って引っ張った。

# 第五章　先生と教え子

## 1

「い、いきそう……、入れたい……」

藤夫が腰をよじって言うと、佐貴子もあわてて口を引き離してくれた。

「いいわよ、入れて」

彼女が横になろうとして言ったので、藤夫は押しとどめた。

「おば様が上になって」

「まあ、私が上……？　実は……したことないのよ……」

佐貴子はそれでも期待を表情に秘めながら、彼の股間に跨がってきた。

「ああっ……、いいわ……！」

ヌルヌルッと奥まで受け入れると、佐貴子が顔を仰け反らせて喘いだ。久々だから、いつもより刺激が強いのだろうか。

藤夫も肉襞の摩擦と温もりに包まれ、完全に座り込んで股間を密着させてきた彼女の重みを股間に受け止めた。

内部でヒクヒクとペニスが震えると、

「ひいッ……、まだだめ。動かないで……」

それだけで佐貴子が絶頂を迫らせたように喘ぎ、ギュッときつく膣の中を締めつけ、愛液がいっそう溢れてきたようだったのだ。

藤夫は両手を伸ばして抱き寄せ、下から唇に舌を入れて絡め、口内の感触を味わいながらズンズンと股間を突き上げはじめた。

「ンンッ……！」

佐貴子が切羽詰まったように鼻を鳴らし、チュッと彼の舌に吸いつきながら悶えた。

彼も快感を腰を止められなくなり、溢れる愛液のぬめりと熱い摩擦によって急激に昇りつめていった。

「ま、またいく……、気持ちいいッ！　ああーッ……！」

たちまち佐貴子が声を上ずらせ、膣内の収縮が高まった。

舌と指で得た絶頂と、男と一つになるのはまた別物の快感であるらしい。藤夫の方も、この快感はオナニーとは全然違っていたから。

彼女は声もなくヒクヒクと肌を波打たせ、ペニスを締めつけ続けた。

藤夫も膣内の収縮に巻き込まれ、激しいオルガスムスの快感に全身を貫かれていた。

「く……！」

呻きながら、ありったけの熱い精液を内部にほとばしらせると、

「ああっ……、すごい……！」

佐貴子はキュッキュッと締めつけながら徐々に力を抜き、失神したように彼にもたれかかってきた。

藤夫も未だ収縮する膣内に刺激され、ピクンとペニスを過敏に跳ね上げると、佐貴子もビクッと肌を反応させて締めつけてきた。

彼は甘い吐息を胸いっぱいに嗅ぎながらうっとりと快感の余韻を噛み締めたのだった……。

——ようやくバスルームに入ると、佐貴子も興奮が一段落したようだった。

互いに全身を洗い流すと、もちろん藤夫は今までの女性に対してと同じものを求めた。

洗い場が藤夫の家のものよりも豪華で広いので、ならば、と彼は床に横たわることにして、佐貴子を胸の上に跨がらせた。

「何をするの、恥ずかしいわ……」

明るいバスルーム内で股を開き、よく見ると佐貴子は新たな蜜を溢れさせていた。

「おしっこをして見せて」

「まあ、どうして。そんなことできないわ、絶対に……いや」

思った通り佐貴子はビクリと熟れ肌を波打たせ、信じられないように声を震わせて言った。

「きれいな女性が出すところを見たいから」

「だったら横にならなくても、横からでいいじゃない……第一、体や顔にかかるわ……」

「ここだと一番よく見えるし、すぐ洗い流してあげるから、どうか——」

藤夫が腰を押さえて言うと、佐貴子は糸を引いて愛液を漏らし、彼の胸を濡らしてきた。

やはり彼女にとっても初めての体験ばかりで、激しい羞恥が淫気を呼びおこすのだろう。

「ほ、本当に……？　いっぱい出たらどうしよう……」

徐々に尿意が高まったのか、顔をこわばらせながら佐貴子は腰をくねらせた。

「大丈夫。いいから、もっと前に出て」

藤夫は腰を抱えて引き寄せ、完全に顔を跨がせた。

割れ目を舐めると、トロリとした愛液が舌を滑らかにさせた。

「ああ……、出そう……」

温かな滴が滴ったかと思うと、すぐに勢いのついた流れとなり、彼の顔に注がれてきた。

仰向けなので噎せないよう気をつけ、注意深く喉に流し込んでみた。味と匂いはあまりせず、不思議な満足感が広がっていった。

「あう……、だめよ、そんなこと……」

佐貴子が言ったが、流れは治まらず、彼も下からしっかりと豊満な腰を固定していた。

やがて雫が、それも愛液が混じったものがツツーッと糸を引いた。

藤夫は舌を挿し入れて舐め回した。

「ああッ……、いい気持ち……」

佐貴子も朦朧となって言いながら蜜を洩らし、無意識にグイグイと割れ目を彼の口に押しつけていた。


藤夫はフラつく佐貴子を支えて寝室に戻った。藤夫自身、今の放尿で興奮し、またもや回復して、もう一回射精しないことには治まらなくなっていた。

「こうして」

藤夫はベッドに仰向けになり、再び佐貴子に腕枕してもらう形でペニスを握らせた。

そして彼女には、上から覆いかぶさるように唇を重ねてもらった。

「ンン……」

彼女も熱く鼻を鳴らし、ネットリと舌をからめながら微妙なタッチでペニスをしごいてくる。

藤夫のペニスは、手のひらの中で最大限に硬直していった。

「口で……」

彼が言って顔を押しやると、佐貴子もすぐに移動してペニスを口に含み、吸いついてくれた。

藤夫は唾液にまみれながら昇り詰めてしまった。

「い、いく……」

彼はオルガスムスの快感に全身を包まれながら口走り、佐貴子の頭を押さえ込みながら熱い大量のザーメンをドクンドクンと勢いよくほとばしらせた。

「ク……、ンン……」

佐貴子は喉の奥を直撃されて呻いた。しかし亀頭を含んだまま口に溜まったザーメンをゴクリと飲み込んでくれた。

「ああ……」

藤夫は駄目押しの快感に喘ぎ、キュッと締まる口の中で幹を震わせながら余韻に浸った。

## 2

真希が旅行から帰ってくるのを見計らい、その翌日に彼はさっそく呼び出した。

「電話で言った通り、制服は持ってきた？」

「ええ……」

藤夫が、マンションを訪ねてきた真希に言うと、彼女は小さく頷いて紙袋を置いた。

「そして約束も守ってくれたね？」

重ねて訊くと、真希は俯きながらこっくりした。約束というのは、昨夜から入浴はしないままここへ来るという要求だった。

「じゃ、制服を着てみて」

藤夫が自分も脱ぎながら言うと、真希は頷いて、黙々とブラウスのボタンを外しはじめた。

初回は強引に奪ってしまったが、何度かメールのやり取りをするうち、真希は徐々に藤夫に対して親しさを感じはじめたようだった。

それは佐貴子譲りの多情さか、あるいはマグワイビトの能力によるものかもしれないし、秋にはアメリカに行ってしまう、という後くされのなさもあるのかもしれない。

あとで呼び出しに応じた志織も同じようだったし、とにかく藤夫は、次第に言いなりになる真希と志織に愛しさを覚え、がむしゃらに奪うことより互いに楽しむことを目指しはじめていた。

先に全裸になった藤夫は、ベッドに腰掛けて真希をあらためて眺めた。

彼女はブラウスとスカートを脱ぎ去って濃紺の制服スカートを穿き、セーラー服を羽織った。母校の制服は白の長袖で、濃紺の襟と袖に三本の白線、スカーフは白だ。

まだ卒業していくらも経っていないので、藤夫の目の前には女子高生時代、あこがれの象徴そのものの真希が立っていた。

「ああ、可愛いよ。こっちへ来てベッドのそばに立って」

藤夫は言い、ベッドの上に座った。ペニスは、期待と興奮で勢いよく屹立している。

真希も、ノロノロとついてきた。

俯き加減だが表情は暗くなく、初回のときと比べても、恐怖よりは羞恥の方が大きいようだ。

「スカートをめくってみて」

「え……」

真希は少しためらいながらも、すっかり抵抗できないように洗脳されたかのごとく従ってきた。

「次に下着だけずらして、僕の顔のところにアソコを近づけて」

真希は緊張した面持ちで、右手でスカートの左側を持って持ち上げ、下着があからさまになると、今度は空いた左手で白いパンティのゴムの部分を持って一気に腿のところまでずり下げた。

顔はスカートに隠れてしまったが、憧れの同級生の白い下腹部にうっすらと萌えるように生えた三角形の薄い恥毛は、暴力的に関係を結んだ時よりも神々しく、かついとおしいものに思えた。

藤夫は、無言のままそこを見続けていた。

スカートの向こうでは、きっと真希が視線を感じて羞恥に顔を真っ赤にさせているだろうことが容易に想像できた。

本当はこういう順序が普通なのだろう。

自分は、性欲に駆られて衝動的に動いてしまったがために、恥毛の下に隠れているものを知ってしまっている。他の高校生がするような、こういう青くて瑞々しい正しい順序の体験を二度とできなくなってしまった――とどこか寂しい気もした。

しかし、そんな感傷に浸っているヒマはないのだ。

後ろ向きの哀愁を遮るように、心の中で気合いを入れると、早速次の行動に移った。

真希のかわいい若草に顔を近づける。

ふっと息を吹きかけると、真希の体がぶるぶるっとかすかに震えた。

そして、顔をくっつけ、頬で若草の柔らかい感触を味わった。本当に生えてまだ数年しかたっていない柔らかさに永遠性のようなものを見た気がした。

「もっと足を開いてみて。がに股みたいに」

そして、藤夫は、ふんわりとした生ぬるい熱気を顔に感じながら目を凝らした。

割れ目からはみ出した花びらはツヤツヤとした綺麗なピンクで、ぷっくりした丘の若草が彼の息にそよいだ。

指を当てて陰唇を広げると、

「ああ……」

真希が刺激と羞恥に声を震わせた。

先日処女を失ったばかりの膣口は花弁のような襞を入り組ませ、溢れんばかりの蜜を宿して潤っていた。

やはり愛液が多いのも佐貴子譲りなのだろうか。

クリトリスも光沢を放って包皮の下から突き立ち、再び柔らかな恥毛に鼻を擦りつけると、汗とオシッコの匂いが悩ましく漂ってきた。

「いい匂いだよ。よく約束を守ってくれたね。ここも洗ってないんだよね」

うなずくのを見届けぬうちに、何度も鼻を押しつけては嗅ぎ、舌を這わせていった。

膣口の襞をクチュクチュ掻き回すと、今日は最初から淡い酸味のヌメリが感じられた。

初めから淫らなことをされるとわかっていて来たのだから、早くも無意識に濡れはじめていたのだろう。

滑らかな柔肉をたどってクリトリスまで舐め上げていくと、

「ああ……、だめ……」

真希がビクッと内腿を震わせて喘ぎ、倒れないよう両足を踏ん張った。それは嫌なものではなく、予想していた通りの快感が来てしまって——という感じだった。

優しくクリトリスを舐めると、溢れる愛液の量が増してきたように感じられた。

藤夫は美少女の味と匂いを心ゆくまで堪能し、さらに尻の真下に顔を潜り込ませていった。

「ああ、いつ嗅いでも可愛い匂い……」

藤夫は何度も深呼吸して美少女の恥ずかしい匂いを貪り、舌を這わせては襞を濡らした。そしてヌルッと潜り込ませて粘膜も味わうと、

「く……！」

真希が息を詰めて呻き、瑞々しい肛門で舌先を締めようとした。

ここの羞恥心だけはいつまでたっても払拭《ふっしょく》できないようだった。

彼は出し入れするように舌を蠢かせ、充分に愛撫してから再び割れ目に戻り、新たな蜜をすすった。

「ああ……、もうやめて……」

真希が羞恥と刺激に声を震わせ、立っていられなくなったのか両膝を突いた。

スカートが藤夫の顔を覆い、薄暗い中に生温かい匂いが籠もった。

「オマ××気持ちいい?」

舐めながら言うと、

「オマ××気持ちいい……」

真希が、自発的に蚊の鳴くような声で答えてくれたのが嬉しかった。スカートに覆われ、彼の顔が見えないので抵抗なく言えたのだろう。

しかし自分の言葉に対する羞恥からか、愛液は大洪水になっていた。

やがて藤夫は中から這い出して身を起こし、彼女をベッドの上に仰向けにさせた。

そしてセーラー服をたくし上げ、可愛らしい乳房を丸出しにし、薄桃色の乳首に吸いついていった。

ツンと突き立った乳首を舌で転がし、もう片方も含んで舐め回した。

さらに乱れた制服の中に潜り込んで、腋の下を嗅ぐと他の女性とは異なる――多分思春期特有の――甘ったるい匂いがした。

前回より匂いが濃いのが嬉しくて、藤夫は自分の下した命令が正しかったことに満足しながら、顔を上げて真希の唇を求めていった。

「口を開けて」

いつ見てもキュートな笑窪の浮かぶ頬に指を当てると、真希も羞じらいながら口を開いた。

滑らかな歯並びと可愛い八重歯が覗き、彼女らしい果実臭が濃厚に籠もっていた。

「ああ……、おいしそうな匂い……」

「いやん……」

藤夫は美少女の口の匂いで胸を満たして言い、やがて唇を重ねていった。

舌を挿し入れて舐め回し、生温かな唾液をすすりながら乳房を探った。

「ンンッ……！」

真希が熱く鼻を鳴らして呻き、反射的にチュッと彼の舌に吸いついてきた。

藤夫は美少女の唾液と吐息を心ゆくまで味わい、うっとりと酔いしれた。

そのとき、いきなりチャイムが鳴ったのである。

3

「だ、誰……!?」

真希が驚いて、ビクッと身を縮めて言った。

そして居留守を使うと思っていた藤夫がベッドを下りて、全裸のまま玄関に向かったので毛布を被ってしまった。

藤夫が魚眼レンズを覗くと、志織が立っていたのでロックを外し、急いで中に招き入れた。

「……もう裸なの……!?」

志織が彼を見て呆れたように言い、それでも靴を脱いで上がり込んできた。

「約束は守ってくれたね。入浴禁止というの」

藤夫がロックしながら訊くと、志織は小さく頷き、彼は寝室へと招いた。

「まあ、誰……?」

志織が立ちすくみ、毛布を被っている第三者の存在に驚いて言った。

藤夫は毛布を引き剝がし、真希の顔を露わにさせた。

「まあ……、須賀さんじゃないの！……」

「え!? せ、先生っ……!?」

何も聞かされていなかった二人は顔を見合わせ、呆然としながら藤夫を見た。

「ああ、今日は三人で楽しもうと思ったんだ。まず先生も脱いで」

藤夫は平然と言いながら、真希の乱れたセーラー服を脱がせ、あらためて全裸にさせていった。

「こ、こんなこと聞いていないわ……」

「でもビデオは消去してほしいでしょう。僕も約束を守って、最後には完全に二人の前で消すから」

志織は、藤夫が説得すると力なく俯いた。全く知らない相手でもなく、同じ三人でも男二人に犯されるよりはましと考えたのかもしれない。

さらに急かすと、志織も観念して服を脱ぎはじめた。真希は身を縮め、ただ心細げになりゆきを見守っていた。

やがて志織は最後の一枚を脱ぎ去り、一糸まとわぬ姿になった。

「じゃ先生も寝て。真希ちゃんは添い寝しておっぱいを吸うんだ。憧れの先生だったから嬉しいだろう？」

藤夫は言い、志織を横たえて真希を並べて寝かせた。

「さあ」

真希の顔を乳房に押しつけ、志織には真希を腕枕させた。

真希はあっさりと素直に吸い付き、ピッタリと肌を寄せ合った。

「何をさせる気なの……」

志織は教え子の口の刺激に喘いだ。

二人を添い寝させておき、藤夫はまず志織の脚の方に屈み込んでいった。

脚の内側を舐め上げ、両膝の間に顔を割り込ませて内腿を味わった。

志織もまた、こういう展開を予想していなかったとはいえ、来るときから淫らで密かな期待と羞恥に体の芯を疼かせていたのか、すでに割れ目は愛液に濡れていた。

茂みに鼻を埋めると、志織ならではの匂いが心地よかった。

「ああ、やっぱり匂いが濃いよ、先生」

「く……」

嗅ぎながら口にすると、志織は羞恥と真希の舌の刺激に息を詰めて呻き、ビクリと体を震わせた。

一方、藤夫は鼻を擦りつけ、舌を這わせて淡い酸味を味わっていた。舌先で膣口を掻き回し、ツンと突き立ったクリトリスまで舐め回す。

「ああっ……！」

志織が内腿で彼の顔を挟みつけて喘ぎ、思わずギュッと真希の顔を胸に抱きすくめた。

やはりマグワイビトの力による影響なのか、二人もいつしか朦朧となって同性という抵抗を失いつつあるように見えた。

藤夫はしつこくクリトリスを舐め、量を増してきた愛液をすすってから、志織の脚を浮かせ、尻の谷間に鼻を埋め込んでいった。

見慣れた志織のキュッとつぼまった肛門に鼻を擦りつける。

彼は美人教師の恥ずかしい匂いを貪り、舌先でチロチロと舐め回してからヌルッと押し込んだ。

「あう……！」

志織が呻いた。

藤夫は粘膜を味わい、執拗に舌を蠢かせてから引き抜いた。続けて真希の割れ目にも顔を埋め、微妙に異なる味と匂いと感触を貪り、志織の乳房に顔を移動させていった。

　真希がどいたので、彼は志織の胸にのしかかり、左右の乳首を交互に含んでは舐め、吸った。それは硬くなっており、ほんのりと真希の唾液の匂いを残していた。

　さらに志織の腋の下に寄り道してから、そこの匂いをかいだ。

　やがて我慢できなくなった藤夫は、二人の間に割り込んで仰向けになり、左右にあるそれぞれの顔を自分の胸に引き寄せた。

「舐めて」

　二人は従順に、ほぼ同時に彼の両の乳首に舌を這わせてきた。

　熱い息が肌をくすぐり、それぞれの舌先が乳首を舐め回し、たまに吸いついてくる。

　藤夫は乳首が伝えてくる甘美な快感に喘ぎ、この瞬間の幸せを嚙みしめながら、さらに二人の顔を下へと押しやった。

　二人も彼の肌を舐め下り、時に歯を当て、交互に臍を舐めると、下腹から太腿、脚を舐め下りてくれた。

「足の裏と指も」

早い話、自分がやったことを何度もやり返させているのだった。

二人はそれを知ってか知らずか、とにかく彼の足裏を舐め、爪先にもしゃぶりついてくれた。

さんざん自分もされたことだから、いつしか感覚も麻痺し、自然にできるようになっているようだった。

藤夫は、それぞれの足指で美女と美少女の舌を挟み、唾液にまみれながらぞくぞくする快感を味わった。

そして大股開きになると、二人もすっかり心得ているかのように彼の脚の内側を舐め上げ、内腿で女同士頬を寄せ合って股間に迫ってきた。

せがむようにペニスを上下させてみると、先に志織が幹の裏側を舐め上げ、先端に達した。

藤夫は、まるで二人の女を手操っている気分だった。

真希もキャンディでも舐めるように舌を這わせ、二人は交互に尿道口を探り、滲む粘液を舐め取った。

さらに代わる代わる亀頭にしゃぶりついては、呑み込み、吸いついて、その後、離しては交代した。

「ああ……、いきそう。真希ちゃん……」

真希が藤夫の絶頂を察してか、ペニスを含み、彼の方はそのまま昇り詰めてしまった。

「い、いく……、ああっ……！」

藤夫は大きな絶頂の快感に貫かれて喘ぎ、勢いよく精液をほとばしらせた。

「ク……」

喉の奥を直撃された真希が呻いてゴクリと第一撃を飲み込んだ。

「先生に交代……」

そう言うと真希が口を離し、まだ噴出を続けている亀頭を志織が含んで吸いはじめた。

「あうう……、気持ちいい……」

二人に続けて口内発射し、藤夫は押し寄せる快感に身をよじった。

やがて彼がグッタリと身を投げ出すと、志織は口を離し、二人で顔を寄せ合って粘液の滲む尿道口を舐め回した。

「アア……、も、もういい……」

藤夫は過敏に反応しながら腰をくねらせ、満足して力を抜いた。

# 4

「じゃ、二人でここに立って、肩を跨いで」

いつものように、バスルームに行って身体を流すと、藤夫は床に座って言い、志織と真希を左右に立たせ、肩を跨がせて股間を突き出させた。自分でもまるで流れ作業のように「こなしている」感じがした。しかしだからといって、快感が弱まるということはなかった。それがマグワイビトの効果なのかもしれないと思った。

「さあ、いいよ、出して」

藤夫の癖をもう知り抜いたのか、二人とも覚悟したように下腹に力を入れ、懸命に準備をはじめた。

あとになるとなおさら出しにくくなるので、先に出した方が楽と思ったようだった。

左右の肩を跨ぐ割れ目に顔を埋め、舌を這わせると、二人とも新たな愛液を漏らしはじめていた。

「ああ、出ちゃう……」

先に真希が声を上ずらせて言い、柔肉を蠢かせた。見ているとビクリと下腹が震え、チョロチョロと温かな流れが溢れてきた。

「アア……、恥ずかしい……先生……」

真希が膝を震わせて喘ぎ、次第に勢いよく放尿しはじめた。

するると志織の割れ目からも、ポタポタと温かな雫が滴りはじめた。

「あう……」

志織も羞恥と抵抗感に呻きながら、放尿を開始した。

藤夫はドキドキしながら流れを交互に見比べ、興奮していた。

尿の匂いが二人ぶん入り交じって、浴室をいっぱいにした。

先に真希の流れが治まると、割れ目に口をつけて清め、やがて志織も放尿を終え、藤夫はビショビショの柔肉を隅々まで舐め回した。

そして二人の割れ目を舌できれいにする過程で、すっかり感じてしまった二人は立っていられず座り込んできた。

彼はもう一度三人の全身を洗い流し、体を拭いてバスルームを出た。

再び寝室に戻って、まずは志織を仰向けにさせ、その股間に真希の顔を寄せさせた。

「ほら、見て。志織先生のオマ××だ。大人の女性のも美しいだろう」

一緒に頬を寄せ合い、指で志織の陰唇を広げた。

「アア……、見ないで……」

志織は同性の視線を感じて恥じらったが、真希は生まれて初めて見る教師の割れ目に熱く目を凝らしていた。

「舐めてみれば。もうオシッコは洗ったから」

さらに羞恥心を煽るように言うと志織がビクリと体を震わせ、言われた真希は好奇心を少し露わにしながら、舌を伸ばしてクリトリスを舐めはじめた。

「あう……、やめて、須賀さん……」

志織が、最も敏感な部分に同性の舌を感じて呻いた。

真希はそのままチロチロと舌を這わせ、藤夫も顔を寄せて一緒に舐め、志織の股間に籠もる湯上がりの香りと、真希の吐き出す甘酸っぱい息の匂いに酔っていた。

「ああッ……、だめよ……」

志織は大量の愛液を漏らし、ガクガクと腰を跳ね上げながら熱く喘ぎ続けた。

傍で見ていた藤夫は、志織に入れたくなってしまった。

彼は志織をいったんうつ伏せにさせ、真希を仰向けにさせて下からクリトリスを舐めさせた。

そして真希の胸に跨がる形になり、バックから急角度にそそり立ったペニスを志織の膣口に押し込んでいったのだ。

「あっ……!」

ヌルヌルッと一気に根元まで貫かれると、志織は白い背中を反らせて喘いだ。

藤夫も熱い肉襞に包まれ、股間を密着させ、美人教師の丸い尻が下腹部に当たるようにした。

真下から真希がクリトリスを舐めているので、藤夫の陰嚢が真希の顎に触れ、これが新鮮な快感となった。

最初から考えていたわけではない。偶然に生まれたアイデアがこんなに気持ちのいいものだとは。これもマグワイビトの恩恵だと考えた。

藤夫はそのまま志織の腰を抱えてズンズンと股間を前後させ、勢いをつけて内壁を擦った。

律動に合わせてクチュクチュと卑猥な音が響き、溢れる愛液が真希の口にも流れ込んでいった。

「だめっ、すぐいっちゃいそう……、ああーッ……！」

強烈な刺激に志織は髪を乱し、顔を伏せたまま尻を振り立てて喘いだ。

一方、藤夫は、あとに真希が控えているし、さっき口内射精で一度は満足しているので暴発する心配もなく、ただひたすら動き続けた。

「し、死んじゃうぅ……、もうやめて……！」

ガクガクと何度も大きなオルガスムスの波を迎え、志織が息も絶えだえになって哀願した。

下では真希が、大人の女の絶頂の凄まじさを目の当たりにしながら、執拗に愛液をすすり、クリトリスを舐め続けていた。

キュッキュッと締まる膣内にペニスを突き入れ続けているうちに、とうとう志織は尻を持ち上げていられなくなったのか、腹這いになって突っ伏し、あとは荒い呼吸を繰り返すばかりとなってしまった。

藤夫は完全に気を遣ってしまった志織からペニスを引き抜いた。真希も苦しくなったのか、下から這い出してきた。

「しゃぶって」

言いながら志織の愛液にたっぷりまみれた先端を真希の鼻先に突きつけると、彼女は亀頭にしゃぶりついて、舌を這わせながら吸ってきた。

藤夫は美少女の唾液に清められながらうっとりとなり、やがて引き抜いた。

グッタリしている志織をゴロリと横向きにさせて場所を空けると、藤夫は仰向けになって真希を跨がせた。

「入れて」

真希は恐る恐るペニスに跨がり、志織の愛液に濡れた先端に割れ目を押しつけてきた。

真希の愛液も乾く暇はなく、ゆっくり座り込むと、ペニスはすぐにぬるぬると根元まで呑み込まれていった。

「ああッ……!」

真希はビクッと顔を仰け反らせて喘ぎ、ペタリと座り込み完全に股間を密着させてきた。

藤夫も美少女の締まりのよい膣内で幹を震わせ、温もりに包まれながら快感を噛み締めた。美人教師のすぐあとに美少女に入れられるとは、何という幸せなのか。

やがて真希が、上体を起こしていられなくなったように身を重ねてきたので、藤夫は唇を求めた。

ピッタリと唇を重ね、舌を挿し入れると彼女もチュッと吸い付いてきた。

5

「ああン……！」

真希に深く突き入れて動かすと、顔をしかめて声を上げた。

「痛い？」

「ううん……、何だか、奥が熱くて、変な感じ……」

訊くと、真希は自身の奥に芽生えた異和感の正体を探るように答えた。

してみると痛かったのは初回のみで、これもマグワイビトの効果か、早くも快感を覚えはじめてきたのだろう。もっとも佐貴子の血を引いているから、目覚めやすい体質だったのかもしれないが。

それに今回は憧れの志織も一緒で、大人の女性の激しいオルガスムスを目の当たりにしたという影響もなくはないだろう。

とにかく痛くなければと、藤夫も遠慮なく動くことにした。

さらに下から突き上げ続けると、

「い、いく……、ああっ……！」

たちまち限界が襲ってきて、藤夫は大きな絶頂の快感に貫かれて喘いだ。

同時に、真希の膣内で、ドクンドクンと勢いよく熱い大量のザーメンがほとばしった。

「ああっ……！」

真希が体を震わせながら声を上げ、突き上げに合わせてキュッキュッときつく膣内を収縮させて、ガクガクと全身を痙攣させた。これは明らかにオルガスムスの反応であった。

早くも、真希は絶頂に達してしまったのだった。

「ああ、締まる……」

藤夫は心地よい感触のなかで口走り、激しい射精の快感を貪った。

「いく……！」

すると、自分でクリトリスを擦っていた志織も声を洩らし、激しく身悶えながら彼に肌をすり寄せてきたのである。

どうやら不思議なことに三人同時にオルガスムスに達したようだ。

「ああ、よかった……」

藤夫は、すっかり満足し、徐々に突き動きを弱めていった。

まだ十八歳だが、これほど大きな絶頂は一生のうちでも、そう何度も得られるものではないだろうと何となく思った。

すると真希も力尽きたように肌の硬直を解き、グッタリと彼に体重を預けてきた。志織も満足げに力を抜き、彼に寄り添いながら荒い呼吸を繰り返した。

まるで膣内が生きているような収縮を繰り返し、射精直後のペニスが刺激され、ヒクヒクと内部で跳ね上がった。そのたびに、応えるように膣内がさらにきつくキュッと締まった。

至福の時間だった。

藤夫は真希の重みを感じつつ、上と横からの二人分の温もりに包まれながら、うっとりと快感の余韻に浸り込んでいったのだった。

真希は放心状態のまま、たまにビクッと肌を震わせていた、それは志織も同じようだった。

まだすぐには起きられないほど、二人とも満足したようである。

やがて、ようやく呼吸を整えると、藤夫はそろそろと真希に股間を引き離させゴロリと横たえた。

身を起こして真希の股間を覗き込むと、もう出血はないものの、息づく膣口から射精の証が流れ出ていた。

それを優しく拭ってやり、愛液にまみれた志織の割れ目にも舌を這わせると、

「も、もう今日は勘弁して……、帰れなくなっちゃう……」

彼女も精根尽き果てたように言い、両膝を閉じてしまった。

そのあと三人は交互に身体を流し、藤夫も約束通り、全ての画像を消去してやったのだった。

# 第六章　後ろのローター

## 1

桜子が、再び訪ねてきた。なぜかハイテンションである。

「また来ちゃったわ。エッチしてはる？」

「うん、何とか」

彼も、ちょうど誰かに会いたいと思っていたときだったので、嬉々として若妻の従姉を部屋に招いた。

「そう、さすがやね。誰と？」

「同級生の女の子と、その母親と、高校時代の担任教師と、教育実習に来た女子大生」

「わあ、ほんまに？　親子丼に教師なんてすごいやん」

「とっても運がよかったから」

「そんなことないよ。それ、マグワイビトの力やわ。私も藤夫のことがずっと頭から離れんのよ」

藤夫はあけっぴろげで他の女性たちとは雰囲気の異なる桜子を前にして少しずつ高まっていった。

もちろん彼女もその気で来ているのだろう、飲物をほしがることもなく、話も早々に切り上げるとすぐに二人は寝室に入って脱ぎはじめた。

「またお乳張ってるから飲んでくれる？」

「うん」

藤夫は答え、先に全裸になってベッドに横たわった。桜子も豊かな乳房を露わにさせ、最後の一枚を脱ぎ去って添い寝してきた。

すぐに彼女は藤夫の顔を抱きすくめ、母乳の雫を滲ませて色づいた乳首を唇に押しつけてきた。

藤夫がチュッと吸いつくと、桜子は感極まったように悶え、彼の顔に張りのある膨らみを密着させてきた。

「ああ、可愛い……」

頭をなでながら言われ、彼もすっかり慣れた要領で乳首を挟んで、吸い付きながら舌を濡らす薄甘い母乳を味わい、喉を潤していった。

甘ったるい母乳独特の香りが口に広がり、さらに胸元や腋から漂う汗の匂いも混じって鼻腔を刺激してくる。

「今日も汗臭いやろ。でも藤夫が悦ぶと思って、シャワーも我慢して来たんよ」

藤夫はその言葉にワクワクしながら、もう片方の乳首に吸い付き、生ぬるい母乳を貪った。

「ああ……、いい気持ち……」

彼女がうっとりと喘いで仰向けになったので、藤夫ものしかかって左右の乳首を交互に吸った。あらかた母乳が出尽くすと、乳房の張りも少しは治まってきたようだった。

さらに彼は腋の下に顔を埋め込み、色っぽい腋毛に鼻を擦りつけて甘ったるい濃厚な汗の匂いを嗅いだ。

同じような甘さでも、母乳と汗の匂いは微妙に違っていた。

そして藤夫は、二十五歳の若妻の体臭を心ゆくまで味わってから肌を舐め下り、臍を舐め下腹から太腿へ移動し、脚を舌でたどっていった。

「ああ……、くすぐったい……」

爪先にしゃぶりついて指の間に舌を挿し入れると、桜子がビクッと反応して喘いだ。

藤夫は習い性になってきた両足の指の間の味と匂いを貪り終えると、桜子を大股開きにさせて股間に顔を進めていった。白くムッチリとした内腿を舐め上げると、割れ目から発する熱気と湿り気が顔中を包み込んできた。

近くで見ると陰唇が溢れた愛液にまみれて濃く色づき、指で広げると襞の入り組む膣口には白っぽく濁ったものまでまつわりついていた。

「オメ×舐めてって言ってみて」

「あう……、最初から、そない恥ずかしいこと言わせるの……」

股間から言うと桜子は熱く呻き、ヒクヒクと激しい反応で下腹を波打たせ、膣口を収縮させた。

「言わないと舐めてくれへんの？」

「うん」

「マグワイビトの言うことは絶対だから……、早くオメ×舐めて……、ああっ！」

桜子は声を上ずらせて喘ぎ、とうとうトロリと愛液の雫を外にまで垂らした。

藤夫はギュッと顔を埋め込んでは黒々とした茂みに鼻を擦りつけ、蒸れた汗と残尿臭にむせびながら舌を這わせていった。

藤夫はもがく腰を抱え込んで押さえつけながら、執拗にクリトリスを舐めまくり、舌先で弾いては溢れる愛液をすすり込んだ。

「そこなの、嚙んで……」

桜子が言い、藤夫も上の歯で包皮を剝き、露出した突起をそっと前歯で挟むと、コリコリと刺激しながら舌を小刻みに蠢かせた。

「あん、もういきそう……、でももったいないから、もう止めて……！」

桜子が、大量の蜜を漏らしながら喘いだ。

藤夫は舌を引っ込め、次に尻の谷間に顔を迫らせた。

椿の花びらのようにぷっくりした肛門に鼻を埋めると、生々しい匂いがしてきて、くらくらしてしまった。

しかしそれを充分に嗅いでから舌先でチロチロと舐め回し、内部にも潜り込ませて独特の味がする粘膜を味わった。

「あう……、そ、そこはもういいの。早く、入れて……」

桜子が言うので彼は脚を下ろし、舌を引き抜いて身を起こした。

「だったらその前にしゃぶって濡らして」

彼女の胸に跨がり、前に手を突いてペニスを鼻先に突きつけた。

桜子ももう慣れた仕種でパクッと亀頭を含むと、たぐるように根元まで呑み込み、吸いついた。熱い鼻息が恥毛をくすぐっていった。

「気持ちいい……」

藤夫も、桜子の口の中でヒクヒクと唾液に濡れた幹を震わせて喘ぎ、滑らかにからみつく舌に高まっていった。

さらに陰嚢もしゃぶらせ、そのまま顔に跨がると彼女は自然に肛門にも舌を入れてきた。

藤夫はいったん股間を引き離すと、再び桜子の股間に戻った。彼女も自ら股を開いて抱え、濡れて色づく割れ目を丸見えにさせて受け入れ体勢を取った。引きこまれるような構図だ。

そのまま股間を進め、先端を割れ目に押し当てて正常位でゆっくり挿入する。

温かく濡れ、よく締まる膣が滑らかにペニスを受け入れた。

「ああッ……！」

桜子が顔を仰け反らせて喘ぎ、両手を伸ばしてきた。藤夫も股間を密着させながら身を重ねていった。

「い、いい気持ち。ね、突いて、奥まで強く……」

桜子が両手でしがみつきながら言い、待ちきれないようにズンズンと自ら股間を突き上げてくる。

藤夫も合わせて腰を遣うと、すぐにもピチャクチャと淫らに湿った摩擦音が響き渡り、揺れてぶつかる陰嚢までがねっとりと濡れた。

のしかかって首筋を舐め上げ、喘ぐ口に迫ると、今日も甘い刺激を濃厚に含んだ息の匂いがした。いつの間にか女性の吐息にいちだんと興奮を覚えるようになっていた。そうしてみれば、吐息とか匂い——がマグワイビトの謎を解くヒントなのかもしれない、とふと思った。

唇を重ねると、彼女が長い舌をヌルッと挿し入れてきて、藤夫の口の中を舐め回してきた。

舌の柔らかい感触が心地よく、彼は美女の唾液と吐息に酔いしれた。

そのとき、

「ンンッ……！」

桜子が呻き、ブリッジするように彼を乗せたまま激しく反り返ってガクガクと痙攣した。

「い、いっちゃう……、ああっ……！」

口を離して熱く大きく喘ぎ、同時に膣内を収縮させてオルガスムスに達した。

艶めかしい連続した収縮を感じて、藤夫も絶頂を迎え、溶けてしまいそうな快感とともに大量のザーメンを内部に放った。

「あう……、もっと……！」

藤夫はさらに力を入れてもう出ないと思えるくらい出し尽くし、深い満足の中で腰の動きを止めた。

「ああ……、よかった……、前より上手になってるわよ……」

桜子が強ばりを解きながら満足げに言った。

藤夫は身を預け、収縮の中でヒクヒクと幹を震わせ、かぐわしい息を嗅ぎながら余韻を味わった。

「いや、僕もある瞬間からは、自分が自分でないと思えるくらいに自然に指や腰が動くんだけど……」

「そうなのね。あっ、言い忘れていたけど……、マグワイビトは早死にするんだって……」

「え？」

「五十越えた人はいないっていうから気をつけて……」

「な、なあんだ、そんな先ならいいか……」

十八にとって五十は遥か未来だ。あっという間なのかもしれないが、まだ彼にはそれはピンとこないのだった。

2

「なぜ来てしまったのかわからないの。あんなことをされて憎いに決まってるのに……」

さとみが、招かれるまま素直に寝室に入って藤夫に言った。

メールで呼び出したのだ。

「きっと、今まで出会わなかったタイプだからでしょう。いっそ僕を好きになってしまった方が楽ですよ」

藤夫がマグワイビトのことには触れずに冗談っぽく言うと、さとみは顔を背け、身を硬くしたままだった。

「さあ脱いで。今日は首輪を付けたりしないし録画もしませんから。そして今日言いなりになってくれたら、前回の映像は全て消去しますので」

それを聞いて、ようやくさとみもノロノロとブラウスのボタンを外しはじめた。

もちろん来たときから、覚悟はしていただろう。あるいは、もうすでにすっかり濡れているのかもしれない。

藤夫は全裸になってベッドに仰向けになり、屹立したペニスをヒクヒクさせながら待った。

さとみが脱いでゆくにつれ、服の内側に籠もっていた彼女の汗の匂いが室内に漂ってきた。

やがて最後の一枚を脱ぎ終えると、彼女が向き直ってベッドに上がってきた。

「ここに座って」

藤夫は仰向けのまま言い、自分の下腹部を指しながら両膝を立てた。

知らず知らずのうちにこの女性上位が好きになっている。

さとみの方も一切逆らうそぶりなど見せず、そろそろと彼の下腹に跨がり、割れ目を密着させて座り込んできた。

思った通り、すでに愛液が溢れているのがわかり、藤夫は彼女の両足首を摑んで顔に引き寄せた。

「あ……！」

「大丈夫だから、両足を僕の顔に乗せてみて」

藤夫は彼女を立てた両膝に寄りかからせ、両足を顔に乗せさせた。まるで人間椅子になったように、下腹と顔に彼女の重みがかかってきた。

彼女がバランス悪そうに腰をくねらせるたび、ぬるぬる感の増した割れ目が下腹に密着して擦られた。

藤夫は彼女の足裏を舐めながら、汗と脂に湿って蒸れた匂いを必死に貪った。そして爪先にしゃぶり付き、左右全ての指の股に舌を挿し入れて味わった。これは藤夫にとっての一つの欠かせない儀式になりつつあった。

「く……」

さとみが呻き、何度かビクッと全身を震わせて反応した。

「いいよ、前に来て」

やがて藤夫は彼女の手を引っ張り、前に来させた。さとみも恐る恐る彼の顔に跨がり、和式トイレ姿でしゃがみ込んだ。

内腿がムッチリと張り詰め、濡れた割れ目が鼻先に迫った。

「すごく濡れてるよ。よく見える」

「ああ……、言わないで……」

視線を感じたさとみが顔を背けて答えた。

大股開きでしゃがんだため、陰唇がわずかに開き、桜子の股間に息づく膣口と光沢あるクリトリスがあからさまに見えていた。

彼は腰を抱き寄せ、その柔らかな茂みに鼻を埋め込んだ。

汗の匂いより残尿臭の方が濃く、それが藤夫を刺激した。

「ああ、おしっこの濃い匂いだ……」

「ああっ……！」

クンクンとことさらに鼻を鳴らして嗅ぎながら言うと、さとみは両手で顔を覆って喘いだ。

藤夫は恥毛に鼻を擦りつけ、舌を這わせていった。

淡い酸味の潤いが舌を滑らかにさせ、彼は膣口の襞を舐め回すと、クリトリスに吸いついていった。

「あう……、だめ……！」

さとみが呻き、その拍子に両膝を左右に突いた。

彼はさとみの味と匂いを貪り、魅力的な尻の真下にも入り込んでいった。

ひんやりした双丘を顔で受け止め、谷間の蕾に鼻を埋めると、やはりさとみの肛門にも汗の匂いに混じって生々しい臭いが籠もっていた。

藤夫は恥ずかしい匂いを十分に味わってから、舌先を潜り込ませてしまった。

「く……」

さとみが呻いた。

藤夫は内部でクチュクチュと舌を蠢かせ、再び割れ目に戻った。

それほどに肛門への刺激が効いたのか新たな愛液にさらにまみれていた。彼は待ちきれないほど高まってきた。

「お、お願い、もうやめて……」

「じゃ今度はさとみ先生が……」

藤夫が舌を引っ込めて言った。

彼女もほっとしたように顔を股間から引き離し、添い寝してきた。

「ここ舐めて、噛んで」

乳首を指して言うと、さとみもすぐにチュッと吸い付き、熱い息で肌をくすぐりながら乳首を刺激し、軽く歯も立ててくれた。

「ああ、気持ちいい。もっと強く……」

彼女はやや力を込めて噛み、左右の乳首を充分に愛撫してから肌を舐め下りていった。

命令したり甘えてみたり……この振れ幅の大きさはやはりマグワイビトゆえなのか？　ＳとＭ、両方の性質を併存させている？——どこか冷静に藤夫は自分のことを見ていた。しかし、そのことで興奮が醒めるわけではなかった。

大股開きになって彼女を真ん中に陣取らせると、藤夫は両脚を浮かせ、まずはせがむようにヒクヒクと肛門を収縮させた。

さとみも顔を押しつけ、舌を這わせてくれた。

もちろん藤夫は事前にシャワーを浴びている。汚れた部分を舐めさせるのも快感なのだが、やはりされるとなると恥ずかしいし、一度でも抱いた相手には愛しさを覚えてしまうのである。

舌先がヌルッと潜り込んだので、藤夫は肛門に力を入れながら、股間に吹きつける熱い息に高まっていった。

脚を下ろすと彼女も自然に舌を引き離し、そのまま陰嚢を舐め回してくれた。

さらにせがむように幹を震わせると、さとみは裏筋を舐め上げ、尿道口に舌を這わせて粘液を舐め取ってから、スッポリ呑み込んできた。

「ああ……、いい気持ち……」

根元まで納まると、藤夫はうっとりと喘ぎ、さとみの口の中で唾液にまみれた幹を上下させた。

「んん……」

さとみも先端を喉の奥深くに感じながら呻き、熱い鼻息で恥毛をくすぐりながら吸ってくれた。内部ではクチュクチュと舌がからみつき、藤夫も充分に高まってきた。

「寝て」

彼が言うと、さとみはスポンと口を引き離して横になった。

藤夫は入れ替わりに身を起こし、さとみの股を開かせて正常位の体勢をとった。

唾液に濡れた先端を、愛液の湧き出す割れ目に押しつけ、膣口に挿入していく。

肉襞と摩擦を起こしつつ、ペニスを滑らかに根元まで押し込んだ。

「ああっ……！」

さとみがビクッと顔を仰け反らせて喘ぎ、深々と貫かれながらキュッときつく締めつけてきた。

屈み込んで色づいた乳首を含み、舌で転がしながら柔らかな膨らみに顔を押しつけ、柔らかい弾力を味わった。もう片方も含んで舐め回し、さらに腋の下の汗の臭いも嗅いだ。何度嗅いでも飽きることがないのだった。

藤夫は、徐々に腰を突き動かしはじめた。

「あう……、だめ、いきそう……」

さとみが顔を赤らめて身悶えながら言い、膣内の収縮を活発にさせた。

途中で藤夫は身を起こし、彼女の両脚を浮かせた。

そしていきなりヌルッと引き抜くなり、さとみの肛門に先端を押しつけ、強引に挿入したのである。

これには藤夫自身も驚いた。元々計画していたわけではない。勝手に体が動いてしまった感じがしたのだ。

割れ目から垂れる愛液に肛門も濡れ、ペニスはたちまち根元まで深々とズブズブ潜り込み、尻の丸みが心地よく彼の下腹部に当たってきた。

# 3

「あう……、な、何をするの……！」

さとみは突然のことに夢から覚めたような顔をして呻き、必死に嫌々をして違和感に悶えた。

しかし藤夫の方は、気がつけばペニスがさとみの肛門に入っており、さとみの肉体に残った最後の処女の部分を征服したことを知って、身も心も深い満足感に包まれていた。さすがに入口の締まりはよく、内部の感触も膣内とは異なって新鮮な快感があった。

アナルセックスとはこういうものなのか――。

「い、痛いわ。やめて……」

「少し我慢して。すぐいくから……」

藤夫は初めての刺激に高まりながら言い、さらに強引に腰を突き動かしはじめた。

狭い入口に摩擦されることで急激に絶頂が迫っていた。

奥の方は案外広い感じで、思っていたよりも滑らかだった。

「いく……、ああ……！」

藤夫は突き上がる快感に喘ぎ、尻の丸みに股間をぶつけながら、ドクンドクンとアヌスの奥に向かって勢いよく射精した。

「く……」

さとみが呻き、もう痛みも麻痺してしまったのか、次第にグッタリとなっていった。

肛門内部に満ちる精液によって、動きがさらにヌラヌラと滑らかになった。

最後にズンと深く押し込んで動きを止め、やがてゆっくり引き抜いていった。

「あうう……」

するとさとみが呻き、肛門を収縮させた。引き抜く力と相まって締めつけと内圧による押し出す力で、まるで排泄するようにツルッと抜け落ちた。

まるで美女の排泄物にでもされたようで、そのことで藤夫は興奮を覚えた。

ペニスに汚れの付着はなかった。見ると丸く開いて粘膜を覗かせた肛門も、みるみるつぼまって元の可憐な形状に戻っていった。わずかにレモンの先のように突き出た感じが色っぽく、裂けた様子もなかった。

さとみは怯えたように横向きになって身体を丸め、まだ異物感が残っているのか、奥歯を噛み締めていた。

「ごめんね、どうしても自分を止められなくて。とにかくバスルームへ行こう」

そう言って彼女を引き起こし、グッタリした体を支えながら一緒に寝室を出て、バスルームに入っていった。

さとみはすぐにも力なく椅子に座り込み、藤夫はシャワーの湯を出し、手で温度を確認してから彼女に浴びせ、傷つけたかもしれない肛門をお湯でいたわってやった。

そしてボディソープで、ナマのアナルセックスをしたペニスを念入りに洗い、湯で流してから放尿もした。

「ああ……」

そのオシッコを浴びせてやると、さとみが朦朧としながら喘いだ。

立ち上がって顔を差し上げ、口に向ける。

「く……」

すぐに彼女は顔を背けて吐き出した。

「しゃぶって」

尿を出しきって、先端を唇に押しつけると、さとみも眉をひそめながら尿道口に舌を這わせ、亀頭を含んだ。よくもまあ、次から次へと、こういう冒瀆じみたことができるものだ——藤夫は自分でも呆れていた。しかし意思とは別に、体がその強烈な刺激を求めてやまないのだった。

滑らかに蠢く舌と唾液に、彼自身はたちまち回復し、すっかり元の大きさと硬さを取り戻した。

「今度は先生が出して」

充分に高まると彼はペニスを引き抜き、彼女を立たせた。

「ああ……」

さとみが小さく喘ぎ、ヌラヌラと淡い酸味の愛液を漏らしてきた。

藤夫はヌメリを舐め取り、クリトリスを刺激した。

「あう……、出る……」

急に尿意を高めたように彼女が言ったかと思うと、たちまち割れ目内部に温かなものが満ち、ほとばしりはじめた。

しかし、勢いを増してピークを過ぎると、すぐに流れは治まってしまった。

彼は温かく濡れた割れ目内部を舐め回して余りの滴をすすり、味わった。

そしてベッドに戻った。

「じゃ、今度はちゃんと前に入れるからね」

藤夫は仰向けになって言い、さとみを股間に跨がらせた。

やはりこちらの方がいいのだろう、彼女も素直に先端を膣口に受け入れ、根元まで納めて座り込んできた。

「ああ……！」

さとみは顔を仰け反らせて喘ぎ、藤夫も温もりと感触を嚙み締めながら両手を回し、抱き寄せていった。

身を重ねると、藤夫はズンズンと股間を突き上げ、心地よい肉襞の摩擦を味わった。愛液も量を増して、やはり普通に入れられる場所に入れられるのが彼女も最高のようだった。

藤夫が甘酸っぱい匂いに包まれながら動きを速めると、

「ああ……、だめ、いく……」

さとみも高まったように声を洩らした。

彼は活発になった膣内収縮を感じながら、再び昇り詰めてしまった。

「い、いく……！」

突き上がる大きな絶頂の快感に口走り、彼は熱い大量の精液を勢いよくさとみの中にほとばしらせた。

「き、気持ちいいッ……、ああーッ……！」

さとみも声を上ずらせ、ガクンガクンと狂おしくオルガスムスの痙攣を開始して膣内を締めつけてきた。

やがてさとみも精根尽き果てたように肌の強ばりを解いて、グッタリとしてしまった。

4

須賀家を訪ねると、佐貴子が藤夫を迎え入れながら言った。

「ごめんなさいね、急に呼び出したりして。真希が出かけたものだから」

やはり佐貴子も、藤夫との快感が忘れられず、連絡してきたのだろう。もちろん彼にも佐貴子への未練が充分すぎるほど残っていたので、すぐに一緒に寝室へと入っていった。

佐貴子は、もう余計なおしゃべりなどせず、手早く脱ぎはじめた。

藤夫は先に全裸になり、熟れた体臭の沁みついたベッドに横になって待った。

彼女も一糸まとわぬ姿になってベッドに上がり、いきなり彼の股間に屈み込んできた。

「嬉しいわ、こんなに勃って……、何て逞しくて可愛いの……」

佐貴子は熱い息で囁きながら、愛しげに先端に舌を這わせ、早々に張りつめた亀頭にしゃぶりついてきた。

「ああ……、気持ちいい……」

藤夫は快感にうっとりと喘ぎ、根元まで口に呑み込まれながらペニスを震わせた。

佐貴子も生温かく濡れた口の中を引き締めて吸いつき、熱い息が恥毛をそよがせた。

丸く締まる唇が幹を刺激し、内部では舌が滑らかにからみつく。ペニスがピクピクと喜びを表しているようだった。

やがて口を離すと、佐貴子は陰嚢にしゃぶりついて睾丸を転がし、腰を浮かせて肛門まで舐めた。

佐貴子だけは、いちいち要求しなくても何でも自分からしてくれる気がする。

藤夫のしてほしいことをすることが、佐貴子の悦びとなっているのだろうか。

やがて前も後ろも存分に舐めてもらうと、藤夫は身を起こした。

入れ替わりに彼女を仰向けにさせ、真っ先に足の裏から舐めはじめた。

「あう……、そんなところ舐めなくていいのに……」

佐貴子は脚を震わせて言いながらも、何でも彼の好きなようにさせてくれた。

あるいはマグワイビト効果で、藤夫が好きなようにさせるようになっているのかもしれない。

「ああ……、くすぐったくて、いい気持ち……」

爪先にしゃぶり付き、順々に指の間にヌルッと舌を割り込ませていくと、佐貴子がうっとりと喘いだ。

藤夫は次第に、彼女の股間に顔を進めていった。

佐貴子も、期待に内腿を震わせながら両膝を全開にさせ、濡れた割れ目を丸見えにさせた。

彼も色白で量感ある内腿を舐め上げ、熱気と湿り気の籠もった割れ目に鼻先を迫らせていった。

黒々と艶のある茂みが彼の息に震え、指で陰唇を広げると、やはりそれなりに熟した感のある膣口が息づくように収縮を繰り返していた。ポツンとした尿道口も艶めかしく、真珠色のクリトリスが大きめに突き立っていた。

堪らずに顔を埋め込み、ゆっくりクリトリスを舐め尿道口らしき箇所を刺激すると、

「ああッ……、いいわ……」

佐貴子が身を弓なりに反らせて悶えさせた。

藤夫もチロチロと舌先で弾くように舐めては、溢れる蜜をすすり、美熟女の体臭を貪った。さらに脚を持ち上げ、白く豊満な尻の谷間にも顔を押しつけ、薄桃色のツボミに鼻を埋め込んでいった。

「あう……、そこはだめ……」

佐貴子が息を詰めて呻き、肛門で舌先を締めてきた。

「い、入れて……」

佐貴子が腰をくねらせ、ヒクヒクと白い下腹を波打たせながらせがんだ。

藤夫もすっかり高まって顔を上げ、股間を近づけていく。

幹に指を添えて先端を膣口に擦りつけ、感触を味わいながらゆっくり押し込むと、ペニスは一気に吸い込まれていった。

「あうう……、すごいわ……硬い……」

佐貴子が目を閉じて声を上ずらせ、根元まで入ったペニスをキュッときつく締めつけてきた。

藤夫も肉襞の温もりにうっとりし、股間を密着させたまま快感を味わった。

「アア……、もっと突いて……」

佐貴子が両手で抱き留めながら喘いだが、まだ藤夫はじらすようにして本格的には動かず、先に屈み込んで色づいた乳首を含んだ。

藤夫はそのまま左右の乳首を交互に愛撫してから、佐貴子の腕を差し上げて腋を露わにさせて、舌を這わせた。

そこはキレイに処理されていたが、ジットリ湿って生温かい汗の匂いの刺激がペニスにさらなる力を与えて硬度が増した。匂いというのが下半身を直撃する一つの要素のようだった。

そして白い首筋を舐め上げ、上から唇を重ねていった。

「ンン……」

佐貴子も熱く鼻を鳴らし、彼が舌を挿し入れるとチュッと吸い返してきた。

藤夫も執拗に舌を絡め、生温かな唾液をすすりながら徐々に激しく腰を突き動かしていった。

「あぁッ……！」

佐貴子が、息苦しくなったように口を離して顔を仰け反らせ、藤夫は何度も股間をぶつけるように突き動かしはじめた。大量に溢れた愛液が動きを滑らかにさせ、クチュクチュと湿った摩擦音が部屋の中に響いた。

「い、いっちゃう……、すごい、ああーっ……！」

たちまち佐貴子はブリッジするように反り返って喘ぎ、ガクガクと狂おしく腰を跳ね上げてきた。そのせいで藤夫の身体も上下した。

膣内の収縮も最高潮になり、本格的にオルガスムスを迎えたようだった。

「い、いく……！」

続いて藤夫も心地よい摩擦のせいで大きな快感に貫かれながら放出した。

「あう……、もっと出して……！」

さらにキュッキュッときつく締めつけてきた。

藤夫は満足すると動きを止め、力を抜いた。

「ああ、よかったわ。溶けてしまいそう……」

佐貴子も満足げに声を洩らし、四肢を投げ出した。

荒い呼吸とともに乳房が大きく息づき、乗っかっている彼の全身も緩やかに上下した。

膣内は名残り惜しげな収縮を繰り返していた。

藤夫は締めつけられながら佐貴子の温もりに包まれ、その吐き出すかぐわしい息を胸いっぱいに嗅ぎながら、うっとりと快感の余韻に浸り込んだのだった。

「私、こないだ考えたの……」

佐貴子が、荒い呼吸を繰り返しながら囁いた。

「もし藤夫君が、真希と一緒になったら、私はママになるのね。それも悪くないなって……」

「ええ、真希ちゃんがＯＫしてくれたら、それもありですね」

藤夫も答え、そんな未来もあるかも知れないと思った。

「きっと真希も好きだわ。私がこんなに藤夫くんを好きなんだから……。ね、ママって呼んでみて……」

「ママ……」

「ああッ、何だか、またいきそうよ……」

呼ぶと佐貴子が声を震わせ、新たな愛液を大量に湧き出させた。

藤夫もやけに興奮を高め、このまま抜かずに二発目ができるかもしれないと思い、腰の動きを再開させた。やはり、たちまちペニスがムクムクと内部で回復していった。

「ああ……、だめ、もっと動いて。もう一度……」

佐貴子が熱く喘ぎながら股間を突き上げ、彼の背に爪を立ててきた。やがて彼も二度目の絶頂を目指して本格的に動きはじめたのだった——。

## 5

「三人もよかったけど、やっぱり二人きりの方がいいね」

藤夫は、訪ねてきた志織に言った。

もうすっかり彼女もマグワイビトの効果に洗脳されたように、呼べば必ず来るようになっていた。それに学校の方も春休みに入ったばかりだ。

やはり藤夫は、自分にとって最初の女体である志織に最も執着していた。

真希も好きだが、彼女は藤夫しか知らないし、この先も彼以外とはできない体になっているだろうから焦ることはない。

それより志織は理想的に成熟していて美しく、しかも全て心を許しているわけでもないのに肉体が反応してしまうという、その心身のアンバランスさが魅力になっていた。

いずれ、彼女の記憶にある男も追い出し、自分だけのものにしようと藤夫は思っていた。

やがて二人は寝室で、手際よく全裸になっていった。

「今日はね、これを使ってみたいんだ」

藤夫は、通販で手に入れた楕円形のピンクローターを出して言った。

「これって……。何をするつもり？……」

「まあ、先に舐めてからね」

不安げに言う志織をベッドに仰向けにさせ、彼は例によって美人教師の足裏から味わいはじめた。

指から始め、ムッチリと白く張りのある内腿を舐め上げ、割れ目に迫ると興奮に色づいた陰唇がヌメヌメと潤っていた。

藤夫は茂みに籠もる濃厚な体臭に酔いつつクリトリスを吸い、尻の谷間にも移動して可憐な薄桃色のツボミに鼻を埋め込み、舌を潜り込ませて粘膜を味わった。

そして充分に唾液に濡らしてから口を離すと、ピンクローターを志織の肛門に押しつけ、ズブリと挿入していったのである。

「あう……やめて……！」

うっとりと愛撫を受けていた志織が、急に呻いた。

しかし油断していたこともあり、ローターは唾液のヌメリに深々と入り込んで見えなくなり、あとは肛門から電池ボックスに繋がるコードが伸びているだけだった。

藤夫がスイッチを入れると、中からブーン……と低くくぐもった振動音が聞こえて、微かに肛門の襞も震えた。

「あァッ……、いや……！」

志織は腰をくねらせて喘いだが、割れ目から溢れる愛液は量を増していった。

「このまま、今度は先生が上になって」

藤夫は言って彼女を引き起こし、入れ替わりに仰向けになった。

そして大股開きになって真ん中に志織を腹這わせ、勃起した先端を彼女の口に突きつけた。

「ンン……」

志織も亀頭を含んで熱く鼻を鳴らし、ローターの違和感を堪えながら舌をからみつけてくれた。

「ああ、いい気持ち……」

藤夫も美人教師の舌遣いと熱い息にうっとりと喘ぎ、さらに深く呑み込ませ、生温かな唾液にまみれたペニスを震わせた。

志織も貪るように吸いついてくれた。

すっかり高まった藤夫は、志織の手を握って引っ張り、女上位で跨がせていった。

「ああ……！」

志織が、根元まで受け入れると、激しく喘いだ。

肛門にはローターが入って振動を続け、膣内には血の通ったペニスが深々と入り込んだのだ。

藤夫も、ヌルヌルッと幹を擦る肉襞の摩擦と温もりに包まれ、股間に彼女の重みを感じながら快感を噛み締めた。直腸にローターが入っているためか締まりのよさも倍加し、しかも間の壁を通して振動がペニスの裏側に伝わり、心地よく刺激されるのだ。

志織が上体を起こしていられず、すぐにも身を重ねてきた。

藤夫は抱き留めながら顔を起こし、色づいた乳首に吸いついていった。顔に柔らかな膨らみを感じ、甘ったるい体臭に包まれながら徐々に腰を突き上げはじめた。

コリコリと硬くなった乳首を舌で転がし、もう片方も含んで念入りに舐め回した。もちろん腋の下にも顔を埋め込み、ジットリ湿った生ぬるい汗の匂いに噎せ返った。

「……変になりそう……」

志織が突き上げに合わせて腰を遣いながら、声を上ずらせて言った。

藤夫も膣内の摩擦とローターの振動に高まりながら動きを速め、さらに彼女の首筋を舐め上げながら抱き寄せて、唇に迫っていった。

唇を重ねて舌を挿し入れ、滑らかな歯並びや歯茎を舐め回すと、志織も舌をネットリとからみつけてくれた。藤夫も滑らかに蠢く舌を舐め回し、突き上げのスピードを速めていった。

「い、いきそう……！」

志織が声を洩らし、大量の愛液を漏らして互いの股間をビショビショにさせてきた。律動するたびにクチュクチュと湿った摩擦音が響き、膣内の収縮も活発になっていった。

そして藤夫も美人教師の甘い息と唾液の匂いに包まれながら、ついには昇り詰めてしまった。

「い、いく……！」

「き、気持ちいいッ……、ああーッ……！」

噴出を感じた志織も、オルガスムスのスイッチが入ったように声を上げ、ガクンガクンと狂おしい痙攣を開始した。

藤夫は溶けてしまいそうな快感に包まれながら動き、心置きなく最後の一滴まで出し尽くしていった。

満足しながら徐々に突き上げを弱めていくと、志織もいつしか強ばりを解いてグッタリと力を抜き、遠慮なく彼に体重を預けてきた。

藤夫はキュッキュッと締まる膣内に刺激され、しかもローターの振動も感じながらヒクヒクと内部でペニスを跳ね上げた。

その振動があるせいか、志織も快感の波が断続的に押し寄せてくるように、何度となくビクッと肌を震わせた。

藤夫も過敏に反応しながら、いつまでもペニスを脈打たせていた。

「先生、好きって言って……」

「好きよ……」

「この世で一番？」

「ええ……」

自分にとって最初の女に囁くと、志織も朦朧となりながら答えてくれた。

藤夫は彼女の重みを受け止め、熱く甘い息を間近に嗅ぎながら、うっとりと快感の余韻を味わったのだった。

互いに完全に力を抜き、重なったまま呼吸を整えた。

そして二人の混じり合う呼吸音に、ローターのか細い振動音がいつまでも響いていたのだった……。

＊この作品は、書き下ろしです。また、文中に登場する団体、個人、行為などは実在のものとはいっさい関係ありません。

二見文庫

濡《ぬ》れた花《はな》びらたち

著者　日下《くさか》　忠《ただし》

発行所　株式会社 二見書房
東京都千代田区三崎町2-18-11
電話 03(3515)2311［営業］
03(3515)2313［編集］
振替 00170-4-2639

印刷　株式会社 堀内印刷所
製本　株式会社 村上製本所

落丁・乱丁本はお取り替えいたします。
定価は、カバーに表示してあります。

ISBN978-4-576-15131-1
http://www.futami.co.jp/